七つのおまじない

泣《な》いちゃいそうだよ

小《こ》林《ばやし》深《み》雪《ゆき》／作　牧《まき》村《むら》久《く》実《み》／絵

講談社 青い鳥文庫

わたしたちは
みんな
小《ちい》さな魔《ま》法《ほう》使《つか》い

だから
さあ
おまじないをとなえよう

おまじないをとなえたら
その夢《ゆめ》は
翼《つばさ》を持《も》って
未来《みらい》に
羽《は》ばたいていく

おまじないをとなえたら
自分《じぶん》の夢《ゆめ》や希望《きぼう》が
はっきりと
自分《じぶん》でわかる

そう
運命《うんめい》を動《うご》かすきっかけは
こんなふうに
ほんのささやかなことから
始《はじ》まるんだよ

だから
さあ
おまじないをとなえよう

もくじ

Mizuki
Shuji
Rin

小《お》川《がわ》 蘭《らん》

小学《しょうがく》6年生《ねんせい》。
学級《がっきゅう》委《い》員長《いんちょう》で「いいこ」と
思《おも》われがちなのが悩《なや》み。

渡《わた》部《べ》陽《ひ》菜《な》

蘭《らん》の友達《ともだち》。家《いえ》はお花屋《はなや》さん。
おとなしくて、優《やさ》しい子《こ》。

登《とう》場《じょう》人《じん》物《ぶつ》紹《しょう》介《かい》

宇《う》佐《さ》美《み》睦《む》月《つき》

蘭《らん》のおさななじみでクラスメイト。
元気《げんき》いっぱいの人気者《にんきもの》。
家《いえ》はケーキ屋《や》さん。

福《ふく》士《し》優《ゆう》太《た》

睦月《むつき》と蘭《らん》の友達《ともだち》。
背《せ》が高《たか》くて、大人《おとな》っぽい。

朝吹《あさぶき》 雫《しずく》

蘭《らん》のクラスにやってきた転校生《てんこうせい》。
いつもひとりきりでいる。

太宰修治《だざいしゅうじ》

蘭《らん》のおさななじみ。
小《しょう》6にしてピアニストの卵《たまご》として
テレビでも特集《とくしゅう》される有名人《ゆうめいじん》。

小川《おがわ》 凛《りん》

蘭《らん》のお姉《ねえ》さん。中学《ちゅうがく》1年生《ねんせい》。
食《く》いしんぼうな
吹奏楽部員《すいそうがくぶいん》。

宇佐美水月《うさみみづき》

睦月《むつき》のお姉《ねえ》さん。中学《ちゅうがく》1年生《ねんせい》。
ハキハキしてパワフルな性格《せいかく》。

第《だい》1章《しょう》

蘭《らん》のおまじない

Ran

話《はな》しかけたいな……。


今日《きょう》も、あの女《おんな》の子《こ》は、ひとりぼっち。

自分《じぶん》の席《せき》に座《すわ》って、教科書《きょうかしょ》を広《ひろ》げている。

「あの転校生《てんこうせい》、ほ～んと変《か》わってるよな。」

「ガリ勉《べん》！」

「中学受験《ちゅうがくじゅけん》で、いいとこねらってるんじゃねえの？」

みんなが、口々《くちぐち》にそう言《い》う。

こそこそと、あるいはわざと聞《き》こえるように。

でも、わたしは、そうは思《おも》わない。

だって、教科書《きょうかしょ》のページはめくられていない。

にぎったシャーペンも動《うご》いていない。

下《した》を向《む》いて、ずっとなにかを考《かんが》えているみたい。

あれは勉強《べんきょう》をしてるフリ。

誰《だれ》かと目《め》をあわせることをさけてる。
わたし、ずっと気《き》になっている。
なにか悩《なや》んでることがあるんじゃない？
つらいことがあったんじゃ……。
見《み》ていると心配《しんぱい》になるよ。
転校《てんこう》してきてから、ずっと表情《ひょうじょう》が暗《くら》いし、クラスの誰《だれ》とも打《う》ちとけようとしない。
キレイな顔立《かおだ》ちの女《おんな》の子《こ》なのに、笑顔《えがお》を見《み》たことがない。
もったいないなって思《おも》う。
転校生《てんこうせい》の名前《なまえ》は、朝吹雫《あさぶきしずく》ちゃん。
それに、転校《てんこう》してきたばっかりだと、知《し》り合《あ》いも誰《だれ》もいないし不安《ふあん》だよね？
わたしに、なにかできることはないかな？
区立桜《くりつさくら》が丘小学校《おかしょうがっこう》の六年《ねん》一組《くみ》の教室《きょうしつ》で、そんなことを思《おも》ってる。
わたし、小川蘭《おがわらん》。

三月《がつ》に、ひとつ上《うえ》のわたしのお姉《ねえ》ちゃん、小川凜《おがわりん》や宇佐美水月《うさみみづき》ちゃんたちが小学校《しょうがっこう》を卒業《そつぎょう》した。

そして、四月《がつ》。

お姉《ねえ》ちゃんたちは、中学《ちゅうがく》一年生《ねんせい》に、わたしは最上級生《さいじょうきゅうせい》の六年生《ねんせい》になった。

小学校《しょうがっこう》も、あと一年《ねん》で終《お》わりなんて、びっくりしちゃうよね。

クラス替《が》えで、誰《だれ》といっしょになるのか不安《ふあん》だったけど、去年《きょねん》と同《おな》じく仲《なか》のいい睦月《むつき》くんや陽菜《ひな》ちゃん、福士《ふくし》くんと同《おな》じクラスになれて、すごく嬉《うれ》しい。

そして、新《あたら》しいクラスには、転校生《てんこうせい》がひとりやってきた。

キレイな顔立《かおだ》ちで、はかなげな雰囲気《ふんいき》の女《おんな》の子《こ》だった。

自己紹介《じこしょうかい》のとき、不安《ふあん》そうに、

「千葉《ちば》から引《ひ》っ越《こ》してきた朝吹雫《あさぶきしずく》です。よろしくお願《ねが》いします。」

消《き》え入《い》りそうな声《こえ》で、そう言《い》うと頭《あたま》を下《さ》げた。

でも、それから二週間《しゅうかん》、ほとんど声《こえ》を聞《き》いたことがない。

最初《さいしょ》は、好奇心《こうきしん》いっぱいに話《はな》しかけていたクラスのみんなも、まるで反応《はんのう》がないから、今《いま》じゃ遠巻《とおま》きにながめているだけ。

転校生《てんこうせい》って注目《ちゅうもく》の的《まと》なんだよね。

しかも、すごくキレイな子《こ》だから、最初《さいしょ》は、みんな友達《ともだち》になりたがってた。

違《ちが》うクラスの子《こ》もわざわざ見《み》に来《き》たりしてね。

スターみたい。

なのに、今《いま》じゃ、悪《わる》く言《い》う子《こ》たちまで出《で》てきちゃったんだよ。

誰《だれ》のことも寄《よ》せつけずに、笑顔《えがお》も見《み》せずに、自分《じぶん》の殻《から》に閉《と》じこもっているから。

見《み》えない透明《とうめい》のバリアがあるみたいで、誰《だれ》も近《ちか》づけない。

このままじゃいけないって思《おも》うんだけど……。


「小川《おがわ》。小川蘭《おがわらん》。」

「はい。」

朝礼《ちょうれい》が終《お》わったあと、担任《たんにん》の先生《せんせい》から廊下《ろうか》に呼《よ》ばれた。

担任《たんにん》は、去年《きょねん》と同《おな》じ北原先生《きたはらせんせい》。

二十代《だい》の男《おとこ》の先生《せんせい》で若《わか》くてかっこいいから、女子《じょし》に人気《にんき》がある。

その北原先生《きたはらせんせい》から、六年《ねん》でも一学期《がっき》の学級委員長《がっきゅういいんちょう》に指名《しめい》されちゃった。

本当《ほんとう》は、陽菜《ひな》ちゃんと花係《はながかり》がやりたかったのにな。

でも、わたしは頼《たの》まれたら断《ことわ》れない……。

しかも、

「はい。がんばります。」

なんて、いいこの返事《へんじ》をしちゃうんだよね。

そういう自分《じぶん》が本当《ほんとう》に嫌《きら》い。

五年生《ねんせい》のときは、北原先生《きたはらせんせい》ファンの富田《とみた》さんたちに、

「えこひいき！」

「先生《せんせい》のお気《き》に入《い》り。」

なんて悪口《わるくち》を言《い》われて、クラスの女子《じょし》から仲間《なかま》はずれにされて、つらかった。

学級委員長《がっきゅういいんちょう》って、いろんな雑用《ざつよう》を頼《たの》まれて、けっこう大変《たいへん》なのにな。

でも、今年《ことし》は富田《とみた》さんとは別《べつ》のクラスになって、正直《しょうじき》、ホッとしてる。

「小川《おがわ》。転校生《てんこうせい》のことなんだけど。」

廊下《ろうか》で、北原先生《きたはらせんせい》が声《こえ》をひそめた。

「あ、はい。」

「いつもひとりでいるだろ？　ずっと気《き》になっているんだよ。」

「あの、わたしもです。」

「だよな？　委員長《いいんちょう》なんだから、小川《おがわ》から話《はな》しかけてやってくれ。頼《たの》むよ。」

出《で》た！　委員長《いいんちょう》なんだから。

「あ、はい。」

「小川《おがわ》に任《まか》せておけば安心《あんしん》だよ。頼《たの》んだぞ。なにかあったら報告《ほうこく》してくれ。」

先生《せんせい》はそう言《い》って、安心《あんしん》したように笑《わら》うけど、そんなに期待《きたい》しないでほしい。

わたし、正直《しょうじき》、自信《じしん》がないよ。

お昼休《ひるやす》み。給食《きゅうしょく》のあとのざわめく教室《きょうしつ》。

窓《まど》の外《そと》、校庭《こうてい》では、桜《さくら》の緑《みどり》の葉《は》っぱが、四月《がつ》の日差《ひざ》しにキラキラ光《ひか》ってる。

先生《せんせい》にも頼《たの》まれたんだもん。

今日《きょう》は、絶対《ぜったい》に話《はな》しかけなくちゃ。

わたしは、手《て》の中《なか》のバースイヤーコインをぎゅっとにぎりしめる。

去年《きょねん》、睦月《むつき》くんがくれたんだよ。

自分《じぶん》が生《う》まれた年《とし》のコインを見《み》つけたら、ぴかぴかにして持《も》ってると勇気《ゆうき》がわいてくる。

睦月《むつき》くんが教《おし》えてくれた、おまじない。

わたし、信《しん》じてる。


よし！

睦月《むつき》くんのコインに勇気《ゆうき》をもらって、

「あの、朝吹《あさぶき》さん！」

席《せき》に座《すわ》っている朝吹《あさぶき》さんに、思《おも》いきって声《こえ》をかけた。

朝吹《あさぶき》さんが、ゆっくりと上目遣《うわめづか》いにわたしを見《み》た。

すっごく迷惑《めいわく》そうな顔《かお》。

その表情《ひょうじょう》を見《み》たら、わたし、一瞬《いっしゅん》、ひるんでしまう。

どうしよう。

でも、がんばらなくちゃ！

「あの、わたし、委員長《いいんちょう》の小川蘭《おがわらん》です。なにか、クラスでわからないことがあったら、なんでも聞《き》いてね！」

手《て》の中《なか》のコインをぎゅっとにぎりしめて、必死《ひっし》で笑顔《えがお》を作《つく》る。

「………」

でも、朝吹《あさぶき》さんは、無言《むごん》のまま、また下《した》を向《む》いた。

え？　ど、どうして？

動揺《どうよう》して、逃《に》げだしたくなる気持《きも》ちを、必死《ひっし》でふるいたたせる。

こういうときって、なにを話《はな》せばいいんだろう？

あ、そうだ。

「あの、千葉《ちば》から越《こ》してきたんだよね？　千葉《ちば》のどこなの？　わたしもいとこが千葉《ちば》に住《す》んでいてね。桜子《さくらこ》ちゃんと杏実《あみ》ちゃんっていって。」

必死《ひっし》で笑顔《えがお》を作《つく》って話《はな》してるのに、朝吹《あさぶき》さんは、また、ちらりとわたしを見《み》たあと、下《した》を向《む》いて黙《だま》っちゃった。

うわ。無視《むし》？

ああ、どうしよう。これ以上《いじょう》、会話《かいわ》のきっかけを見《み》つけられないよ。

ええと、ええと。

ふと見《み》ると、ペンケースに犬《いぬ》のシールが貼《は》ってあるのに気《き》がついた。

あ、柴犬《しばいぬ》だ。かわいい。

「あ、これ、かわいいね。ねえ、犬《いぬ》が好《す》きなの？　わたしも好《す》きなんだ。わたしのおじいちゃんの家《いえ》でも犬《いぬ》を飼《か》っていてね。シベリアンハスキーで、名前《なまえ》は。」

「やめて！」

ガタン！　朝吹《あさぶき》さんは乱暴《らんぼう》に音《おと》をたてて、突然《とつぜん》、いすから立《た》ち上《あ》がってそう叫《さけ》ぶと、足早《あしばや》に教室《きょうしつ》を出《で》ていってしまった。

え？

わたし、呆然《ぼうぜん》。

あっけにとられて、その場《ば》に立《た》ちつくす。

「どうした？」

「なんだなんだ？」

クラスのみんなも驚《おどろ》いて、わたしのほうを見《み》てる。

わたし、なにか、気《き》にさわることを言《い》っちゃったの？

でも……。朝吹《あさぶき》さん、今《いま》、ものすごく悲《かな》しそうな顔《かお》をしてた。

見間違《みまちが》いなんかじゃない。瞳《ひとみ》が潤《うる》んでた。

なんだか胸《むね》が痛《いた》いよ。

「蘭《らん》。」

そのとき、ポンと背中《せなか》をたたかれた。

振《ふ》り返《かえ》ると、仲《なか》よしの陽菜《ひな》ちゃんが、微笑《ほほえ》んでいた。

「あ、陽菜《ひな》ちゃん。」

陽菜《ひな》ちゃんの顔《かお》を見《み》たら、急《きゅう》にホッとして泣《な》きそうになる。

「大丈夫《だいじょうぶ》？」

渡部陽菜《わたべひな》ちゃんは、メガネをかけていて、おとなしくて優《やさ》しい。

おうちがお花屋《はなや》さんで、花《はな》や植物《しょくぶつ》に詳《くわ》しいんだよ。

いつも花図鑑《はなずかん》を持《も》っていて、花言葉《はなことば》やお花《はな》の育《そだ》て方《かた》をいろいろ教《おし》えてくれるんだ。

「普通《ふつう》に声《こえ》をかけただけなんだけど、わたしって、どうして嫌《きら》われちゃうのかな？」

なんだか落《お》ちこむ。

去年《きょねん》のいやな思《おも》い出《で》が胸《むね》にじわじわとよみがえってくる。

わたしは人望《じんぼう》がないんだもん。

委員長《いいんちょう》なんか、本当《ほんとう》は向《む》いてないんだよ。

「もう、委員長《いいんちょう》、やめたい。」

「蘭《らん》は、がんばってるよ。いい委員長《いいんちょう》だよ。」

陽菜《ひな》ちゃんがなぐさめてくれる。

「おい。蘭《らん》、どうしたんだよ？」

「あ、睦月《むつき》くん。」

睦月《むつき》くんが近《ちか》づいてきた。

宇佐美睦月《うさみむつき》くんとは、幼稚園《ようちえん》から仲《なか》よし。

駅前商店街《えきまえしょうてんがい》にあるケーキ屋《や》さん『うさぎや』の長男《ちょうなん》で、睦月《むつき》くんのお姉《ねえ》さんの水月《みづき》ちゃんは、うちのお姉《ねえ》ちゃんと同学年《どうがくねん》で大親友《だいしんゆう》。

宇佐美家《うさみけ》とは家族《かぞく》ぐるみのおつきあいで、親同士《おやどうし》も仲《なか》がいい。

だから、よく四人《にん》で遊《あそ》ぶし、お互《たが》いの家《いえ》も行《ゆ》き来《き》してる。

わたし、男《おとこ》の子《こ》の前《まえ》だと緊張《きんちょう》しちゃうんだけど、睦月《むつき》くんは大丈夫《だいじょうぶ》。

家族《かぞく》とか、いとこみたいな存在《そんざい》かな。

「あのね。朝吹《あさぶき》さんに話《はな》しかけたんだけど、迷惑《めいわく》だったみたいで。」

「ああ。あいつ、暗《くら》いよなあ。」

「わたし、個人的《こじんてき》にも本気《ほんき》で心配《しんぱい》してるんだよ。でも、話《はな》しかけても無視《むし》されたら、どうしたらいいのかわかんなくなる。」

「もしかして、前《まえ》の学校《がっこう》でイジメられてたとか?」

「え?」

「それで転校《てんこう》してきたとか。」

「睦月《むつき》くん、するどい!」

陽菜《ひな》ちゃんが、急《きゅう》に尊敬《そんけい》のまなざしで言《い》う。

陽菜《ひな》ちゃんは、睦月《むつき》くんのことが好《す》きなんだよね。

まあ、睦月《むつき》くんは、成績《せいせき》も運動神経《うんどうしんけい》もいいし、ものおじしないはっきりした性格《せいかく》だから、男子《だんし》にすごく人気《にんき》があって、クラスのリーダー格《かく》って感《かん》じだし。

好《す》きになるのも、わかるけど。

「でも、それなら、なおさら話《はな》したいな。わたしなら相談《そうだん》に乗《の》れるのに。」

「そういう深刻《しんこく》な悩《なや》みだったら、みんなのいる教室《きょうしつ》じゃ、話《はな》しにくいのかも。」

陽菜《ひな》ちゃんが言《い》う。

「うん、そうだよね。」

「今度《こんど》は、みんながいないところで、話《はな》しかけてみたら？」

「だな。学校《がっこう》じゃなくて、帰《かえ》り道《みち》とか、いいかもしれないな。」

睦月《むつき》くんも言《い》う。

「そういや、あの転校生《てんこうせい》、この前《まえ》も、放課後《ほうかご》、ひとりで公園《こうえん》のベンチに座《すわ》ってたな。」

「え？　どこ？」

「桜《さくら》が丘公園《おかこうえん》の噴水前《ふんすいまえ》。」

「オレも見《み》たよ。」

ひょっこり、睦月《むつき》くんの後《うし》ろから福士《ふくし》くんが顔《かお》を出《だ》した。

「あ、福士《ふくし》くん。」

福士優太《ふくしゆうた》くんは、背《せ》がすらりと高《たか》くて大人《おとな》っぽい。

凛々《りり》しい顔立《かおだ》ちで、笑《わら》うとちょっとたれ目《め》になる。

「うち、公園《こうえん》の近《ちか》くだろ？　転校生《てんこうせい》は、公園《こうえん》の横《よこ》のマンションに住《す》んでるみたいで、よく見《み》かけるんだ。」

「そうなんだ。」

「公園《こうえん》で話《はな》しかけてみたらいいんじゃないかな？」

「そうだね。」

「いっしょに行《い》ってやろうか？」

「わあ、福士《ふくし》くん、ありがとう。」

「なんか協力《きょうりょく》できることがあったら、オレにも言《い》って。オレも転校生《てんこうせい》のことは、気《き》になっ

てたんだ。」

「うん。みんな、ありがとう。」

本当《ほんとう》に、ありがたいな。

「んじゃ、放課後《ほうかご》、また作戦《さくせん》を練《ね》ろうぜ！」

睦月《むつき》くんがいたずらっ子《こ》っぽい顔《かお》で笑《わら》った。

「おい、福士《ふくし》。サッカー、行《い》くぞ。」

そう言《い》って、ふたりで教室《きょうしつ》を出《で》ていった。

昼休《ひるやす》み、ふたりはいつもサッカーをやってるんだよね。

「はあ〜、睦月《むつき》くんって、やっぱりいい。」

陽菜《ひな》ちゃん、目《め》がハートになってるよ。

「蘭《らん》、大丈夫《だいじょうぶ》。わたしも協力《きょうりょく》するからね。」

陽菜《ひな》ちゃんが、ぎゅっとわたしの手《て》をにぎる。

「うん！」

三人《にん》に勇気《ゆうき》をもらったよ。

友達《ともだち》って、仲間《なかま》って、本当《ほんとう》にありがたいな。


五時間目《じかんめ》の授業《じゅぎょう》が始《はじ》まった。

後《うし》ろの席《せき》の女《おんな》の子《こ》がトントンとわたしの背中《せなか》をたたいた。

「蘭《らん》。これ。」

小声《こごえ》で言《い》って、折《お》りたたんだメモをサッと渡《わた》してくる。

わたしは、先生《せんせい》の目《め》を盗《ぬす》んで、ひざの上《うえ》でメモを開《ひら》いて、読《よ》む。

蘭《らん》、元気出《げんきだ》して！　あとで
気《き》になっている人《ひと》とうまく話《はな》せる
とっておきのおまじないを教《おし》えてあげるね。

陽菜《ひな》

わ。陽菜《ひな》ちゃんからだ。なんて優《やさ》しいの！

こっそり陽菜《ひな》ちゃんのほうを見《み》ると、胸《むね》のところで小《ちい》さくV《ブイ》サインを出《だ》してくれた。

去年《きょねん》も、わたしが仲間《なかま》はずれになっていたとき、陽菜《ひな》ちゃんが願《ねが》いのかなうタンポポのおまじないを教《おし》えてくれたんだよね。

あれで勇気《ゆうき》が出《で》たんだから。

よし！　そのおまじないで絶対《ぜったい》に転校生《てんこうせい》に話《はな》しかけるぞ！


ドキドキ。心臓《しんぞう》が音《おと》をたててる。

夕暮《ゆうぐ》れの空《そら》はスミレ色《いろ》。青白《あおじろ》い雲《くも》がゆっくり流《なが》れていく。

その向《む》こうには、うっすら銀色《ぎんいろ》の月《つき》。

放課後《ほうかご》、わたしと陽菜《ひな》ちゃんと睦月《むつき》くんと福士《ふくし》くん。

四人《にん》で、下校《げこう》する朝吹《あさぶき》さんの後《あと》をつけた。

気分《きぶん》は探偵《たんてい》よ。

小学校《しょうがっこう》を出《で》て、銀杏並木《いちょうなみき》を抜《ぬ》け、踏切《ふみきり》を渡《わた》ると、大《おお》きな公園《こうえん》がある。

朝吹《あさぶき》さんは、公園《こうえん》の横《よこ》の自宅《じたく》マンションには、まっすぐに向《む》かわずに、公園《こうえん》に入《はい》ると、噴水前《ふんすいまえ》のベンチに腰《こし》かけた。

うつむいて、ただベンチに座《すわ》っている。

わたしたちは、木《き》の陰《かげ》から表情《ひょうじょう》を盗《ぬす》み見《み》る。

「ひとりでなにしてんだろうな？」

睦月《むつき》くんが小声《こごえ》で言《い》う。

「家《いえ》に帰《かえ》らないのかな？」

陽菜《ひな》ちゃんも言《い》う。

「誰《だれ》かと待《ま》ち合《あ》わせとか？」

「いや、いつも、ただ座《すわ》ってるだけだよ。」

福士《ふくし》くんが言《い》う。

「泣《な》いてる？」

わたしは、ハッとした。

目《め》をごしごし、こすってる。

朝吹《あさぶき》さんの、悲《かな》しみに沈《しず》んだ顔《かお》を見《み》ていると自分《じぶん》まで悲《かな》しくなってくる。

「わたし、やっぱり力《ちから》になりたいよ。」

「蘭《らん》。いっしょに行《い》こうか？」

陽菜《ひな》ちゃんが聞《き》いてくる。

「まずは、ひとりで行《い》ってくる。」

「そうだね。じゃ、おまじない。」

陽菜《ひな》ちゃんが言《い》う。


「うん！」

おまじないをやってみよう！

「イニシャルは、名前《なまえ》と苗字《みょうじ》と両方《りょうほう》だよね。」

「そう。」

「なんだよ、それ？」

睦月《むつき》くんが身《み》を乗《の》り出《だ》した。

「気《き》になる人《ひと》にうまく話《はな》しかけられるおまじないなの。」

陽菜《ひな》ちゃんが、睦月《むつき》くんをまぶしそうに見《み》ながら言《い》う。

「じゃ、みんなでやってみない？」

陽菜《ひな》ちゃんが言《い》って、睦月《むつき》くんも福士《ふくし》くんもうなずく。

「はい、まずは深呼吸《しんこきゅう》。気持《きも》ちを落《お》ち着《つ》けて。」

四人《にん》で、スーハー深呼吸《しんこきゅう》。

「話《はな》しかけたい人《ひと》の顔《かお》を思《おも》い浮《う》かべながら、手《て》のひらに指《ゆび》でハートのマークを描《か》きます。

朝吹《あさぶき》さんを思《おも》い浮《う》かべてください。」

陽菜《ひな》ちゃんが続《つづ》ける。

「そして、その中《なか》に、まず、ゆっくりと雫《しずく》のS《エス》。それから、朝吹《あさぶき》のA《エー》を書《か》きます。」

みんなで指《ゆび》を動《うご》かす。

「そして、両手《りょうて》を合《あ》わせて目《め》をつぶってお祈《いの》りします。朝吹《あさぶき》さんと仲《なか》よく話《はな》せますように。これで完璧《かんぺき》！」

あ、ほんとにパワーをもらったような気《き》がする。

本当《ほんとう》にうまくいくような気《き》がする。

おまじないが背中《せなか》を押《お》してくれる。

えい！

勇気《ゆうき》を出《だ》して、一歩《いっぽ》を踏《ふ》み出《だ》す。

今《いま》がチャンス。

おまじないと三人《にん》の応援《おうえん》のおかげで、体《からだ》の底《そこ》からエネルギーがわき起《お》こってくる。


「朝吹《あさぶき》さん。」

ベンチの前《まえ》まで歩《ある》いていって、声《こえ》をかけると、

「あ。」

朝吹《あさぶき》さんが小《ちい》さく叫《さけ》んで、立《た》ち上《あ》がろうとした。

わたし、あわてて言《い》った。

「逃《に》げないで！　どうしても話《はな》したいの！」

「え？」

「今日《きょう》は、ごめんなさい。わたし、なにか気《き》にさわること言《い》った？　それなら謝《あやま》りたくて。」

「委員長《いいんちょう》……。」

「わたし、朝吹《あさぶき》さんの力《ちから》になりたいの！」

朝吹《あさぶき》さんが、とまどってるみたい。

「うざいかもしれないけど。よけいなお世話《せわ》かもしれないけど。」

いったん話《はな》しだしたら、言葉《ことば》がせきを切《き》ったように、あふれてくる。

「わたし、去年《きょねん》、クラスでイジメられてて、仲間《なかま》はずれになってて、ものすごくつらくて。」

「え？　どうして？」

朝吹《あさぶき》さんがびっくりしている。

「わたし、女子《じょし》に嫌《きら》われちゃうの。だから、もしもイジメで転校《てんこう》してきたなら、気持《きも》ちがわかるから。なんでも話《はな》してほしいんだ！」

朝吹《あさぶき》さんが、ぽかんとした顔《かお》してる。

「イジメってなんのこと？」

「え？　やだ。違《ちが》うんだ。かんちがい？」

「あ、あの、座《すわ》って。」

「うん。」

あ、よかった。

わたしの精《せい》いっぱいの気持《きも》ちだけは、伝《つた》わったみたいだ。

わたしは、やっと話《はな》せた満足感《まんぞくかん》と、ふいにこみ上《あ》げてきた恥《は》ずかしさで脱力《だつりょく》しちゃって、へなへなとベンチに腰《こし》かけた。

ふたり並《なら》んで座《すわ》ると、目《め》の前《まえ》で、噴水《ふんすい》が高《たか》く上《あ》がった。

「あの、委員長《いいんちょう》。」

「あ、はい。」

「わたしこそ、態度《たいど》が悪《わる》くてごめんなさい。」

朝吹《あさぶき》さんが頭《あたま》を下《さ》げた。

「委員長《いいんちょう》は先生《せんせい》に言《い》われて、イヤイヤ話《はな》しかけてるんだろうなと思《おも》ってた。」

「そんな！　先生《せんせい》には言《い》われたけど、それだけじゃないよ！　ほんとだよ！」

「うん。わかった。よくわかったから。ありがとう。イジメで転校《てんこう》してきたって心配《しんぱい》してくれてたんだね。」

やっと、朝吹《あさぶき》さんの硬《かた》かった表情《ひょうじょう》が、はらりと解《と》けて、優《やさ》しい顔《かお》になる。

なんだ、ふつうに話《はな》せるんじゃない。

それに、ありがとうって言葉《ことば》がこんなに嬉《うれ》しいなんて思《おも》わなかった。

「でも、よく、わたしがここにいるってわかったね？」

「うちのクラスの福士《ふくし》くん、わかる？　いちばん背《せ》が高《たか》い男《おとこ》の子《こ》。」

「あ、うん。」

「家《いえ》が近《ちか》くなんだよ。放課後《ほうかご》、よくここで見《み》かけるって聞《き》いて。」

「そうだったんだ。」

「どうして、いつも、ここにいるの？」

「まっすぐ家《いえ》に帰《かえ》りたくないだけ。」

「え？」

「家《いえ》に帰《かえ》ろうとすると、足《あし》が重《おも》くなっちゃって。」

朝吹《あさぶき》さんが、深《ふか》いため息《いき》をついた。

「パパとママとケンカしてるから。」

「え？」

「もともとね。うちのパパ、仕事《しごと》がすごく忙《いそが》しいんだ。夕《ゆう》ご飯《はん》のときに帰《かえ》ってくることなんて、ほとんどない。」

「ひとりっこ？」

「うん。それで、ここ数年《すうねん》で、どんどん、パパとママの仲《なか》が悪《わる》くなってきて。家《いえ》の雰囲気《ふんいき》が最悪《さいあく》なんだ。夜《よる》、寝《ね》ていても、ふたりのケンカしてる声《こえ》で目《め》が覚《さ》めたり。」

「そうだったんだ……。」

「わたしね、三月《がつ》の頭《あたま》に犬《いぬ》を拾《ひろ》ったの。」

「犬《いぬ》？」

「うん。ゴミ捨《す》て場《ば》に子犬《こいぬ》が捨《す》てられてたんだよ。コンビニの袋《ふくろ》に入《い》れられて。」

「え。ひどい！　最悪《さいあく》。」

胸《むね》にずしんと重《おも》いものが落《お》ちてきた。

「でしょう？　生《い》きてるのに。」

「許《ゆる》せないね。」

「うん。それで、家《いえ》に連《つ》れて帰《かえ》ったの。すっごいかわいいんだよ。でも、パパもママも犬《いぬ》を飼《か》うのに、大反対《だいはんたい》。生《い》き物《もの》を飼《か》うのはとても大変《たいへん》だって。それに、これから中学受験《ちゅうがくじゅけん》で、それどころじゃないだろって。でも、どうしてもって食《く》い下《さ》がって、やっと飼《か》えることになったの。そしたら、急《きゅう》に引《ひ》っ越《こ》しが決《き》まって。」

朝吹《あさぶき》さんの目《め》に涙《なみだ》がにじむ。

「前《まえ》は一戸建《いっこだ》てだったんだけど、新《あたら》しいマンションは犬《いぬ》を飼《か》っちゃいけなくて。」

いやな予感《よかん》がする。

「だから、引《ひ》っ越《こ》すときに犬《いぬ》を手放《てばな》さなきゃいけなくなった。絶対《ぜったい》に、わざとなんだ。犬《いぬ》を飼《か》えないマンションを選《えら》ぶなんて。パパもママも、ひどいよね。」

朝吹《あさぶき》さんが、ひざの上《うえ》で、両手《りょうて》をぎゅっとにぎった。

悲《かな》しさや腹《はら》だたしさを、こらえようとしているみたいに。

「しかもね、わたしに黙《だま》って、犬《いぬ》をどこかにやっちゃったの。」

「え？」

「わたしに相談《そうだん》もしないで、勝手《かって》にだよ。ひどくない？　しかも、さよならのあいさつもさせないで。ある日《ひ》、学校《がっこう》から帰《かえ》ってきたら、もういなくなってた。」

そう言《い》うと、朝吹《あさぶき》さんの目《め》から、どっと涙《なみだ》があふれてきた。

「ひどいよね。引《ひ》っ越《こ》しの準備《じゅんび》でふたりとも忙《いそが》しくて、カリカリしてたから、ろくに話《はなし》もしてなくて。わたし、パパとママのこと、絶対《ぜったい》に許《ゆる》さない。」

そうか。だから、わたしが犬《いぬ》の話《はなし》をしたとき、悲《かな》しそうだったんだ。

「誰《だれ》にあげたの？　って聞《き》いても、なにも教《おし》えてくれない。『もう犬《いぬ》のことは忘《わす》れろ！』の一点張《いってんば》り。もしかして、もう、どこかで処分《しょぶん》されちゃったかもしれない。そう思《おも》うと、苦《くる》しくて苦《くる》しくて、胸《むね》が痛《いた》くて。」

朝吹《あさぶき》さんの涙《なみだ》はとまらない。

「引《ひ》っ越《こ》す前《まえ》に捜《さが》したんだ。前《まえ》の家《いえ》の近《ちか》くの保健所《ほけんじょ》とか、保護犬《ほごけん》のボランティアをやってるところに電話《でんわ》したり。ネットで調《しら》べたり。でも、見《み》つからない。わからない。」

なにか、なぐさめる言葉《ことば》を言《い》わなくちゃいけないと思《おも》うのに、でも、問題《もんだい》が重《おも》すぎて言《こと》葉《ば》が出《で》てこない。

「ごめんね。せっかく話《はな》しかけてくれたのに態度《たいど》が悪《わる》くて。わたし、犬《いぬ》を守《まも》れなかった自《じ》分《ぶん》のことを責《せ》めてたの。自分《じぶん》だけ、楽《たの》しく生活《せいかつ》しちゃいけないような気《き》がして。」

朝吹《あさぶき》さんが、しゃくりあげて、わたしは言葉《ことば》の代《か》わりに朝吹《あさぶき》さんの背中《せなか》をなでた。

「きなこがかわいそう。」

「きなこ？」

「名前《なまえ》。わたしがつけたの。」

「わあ。前《まえ》、うちのお姉《ねえ》ちゃんが柴犬《しばいぬ》を飼《か》ったら、名前《なまえ》をきなこにしたいって言《い》ってた。」

「本当《ほんとう》？」

「うん。うちのおじいちゃんちで飼《か》ってるシベリアンハスキーはボルシチっていうんだ。」

「ボルシチ？」

「ピロシキも候補《こうほ》だったの。」

「ピロシキ!?」

「あと、いとこのうちで飼《か》ってる犬《いぬ》は、大福《だいふく》っていうの。」

「大福《だいふく》！」

朝吹《あさぶき》さんがふっと口元《くちもと》をほころばせて、泣《な》き笑《わら》いの顔《かお》になった。

「犬《いぬ》ってあったかいよね。いっしょにいるときは不安《ふあん》がまぎれたし、いやなこと全部《ぜんぶ》、忘《わす》れてしまえるほど幸《しあわ》せだった。なのに、なのに。」

そうか。朝吹《あさぶき》さんは、両親《りょうしん》がケンカばかりする家《いえ》の中《なか》で、うんと傷《きず》ついてきた。

そのうえ、大好《だいす》きな犬《いぬ》とも引《ひ》き離《はな》されて、知《し》らない街《まち》に転校《てんこう》まですることになって、本《ほん》当《とう》につらかったね。

「わたしが大人《おとな》だったら、きなこといっしょに暮《く》らせたのにな。なにもできない自分《じぶん》がくやしいの。」

「うん。」

「ああ、でも、なんだか委員長《いいんちょう》に聞《き》いてもらったら、少《すこ》し楽《らく》になった。」

「ねえ、委員長《いいんちょう》じゃなくて、蘭《らん》って呼《よ》んでほしい。委員長《いいんちょう》って呼《よ》ばれるの、じつはあんまり好《す》きじゃないんだ。」

「え？　ごめん。じゃあ、蘭《らん》。わたしも、雫《しずく》でいいよ。」

「雫《しずく》ちゃん？」

「ううん、雫《しずく》って呼《よ》んで。」

「よし、じゃあ、雫《しずく》！　みんなで、もう一度《いちど》、きなこを捜《さが》そうぜ！」

ベンチの背後《はいご》から大《おお》きな声《こえ》がした。

振《ふ》り向《む》くと、睦月《むつき》くんと福士《ふくし》くんと陽菜《ひな》ちゃんが立《た》っていた。

え？　いつの間《ま》に？

「話《はなし》はすべて聞《き》いた！」

朝吹《あさぶき》さん改《あらた》め雫《しずく》も目《め》を丸《まる》くして、絶句《ぜっく》している。

「いちおう自己紹介《じこしょうかい》するな。オレ、同《おな》じクラスの宇佐美睦月《うさみむつき》。こっちは。」

「福士優太《ふくしゆうた》。」

「わたし、渡部陽菜《わたべひな》です。」

「でも、もうきなこは……。」

雫《しずく》が泣《な》きそうになる。

「あきらめるな！　泣《な》く前《まえ》に、もう一回捜《かいさが》してみようぜ。落《お》ちこむのは、それからだ！」

睦月《むつき》くんがきっぱりと言《い》った。

「でも、怖《こわ》いよ。それに、どうやって捜《さが》すの？」

雫《しずく》の声《こえ》が震《ふる》える。

「まあ、とにかく、これから、うちに来《こ》いよ。雫《しずく》はケーキ好《す》きか？」

「好《す》き。」

「じゃあ、好《す》きなだけ食《く》わせてやるから元気出《げんきだ》せ！　駅前商店街《えきまえしょうてんがい》の『うさぎや』ってケーキ屋《やし》知ってるか？　あれ、うち。」

「そうだったの？」


「いらっしゃ〜い！　さあ、どうぞ！」

水月《みづき》ちゃんがドアを足《あし》でどんと蹴《け》って、睦月《むつき》くんの部屋《へや》に入《はい》ってきた。

あいかわらず、水月《みづき》ちゃんはたくましい。

いや、中学生《ちゅうがくせい》になって、さらにパワーアップしたかも。

「蘭《らん》ちゃん、みんな、いらっしゃ〜い！」

両手《りょうて》にたくさんのケーキと紅茶《こうちゃ》のセットののったトレイを持《も》ってる。

「あら、新顔《しんがお》ね？　はじめまして、わたし、睦月《むつき》の姉《あね》の水月《みづき》です。」

「あ、はじめまして。朝吹雫《あさぶきしずく》です。」

「雫《しずく》？　いい名前《なまえ》！　すてき〜。」

「水月《みづき》、うるさい。さっさと出《で》てけよ。あ、雫《しずく》、ケーキは好《す》きなのどんどん食《く》っていいぞ。売《う》れ残《のこ》りだからな。遠慮《えんりょ》するな！」

睦月《むつき》くんがニヤリと笑《わら》った。

「うるさいとはなによ！　お姉《ねえ》さまに向《む》かって！　あと、売《う》れ残《のこ》りではありません！　人《ひと》聞《ぎ》きの悪《わる》いこと言《い》うな！」

「お姉《ねえ》さま？　気取《きど》るなよ、ゴリラのくせに！」

「睦月《むつき》！」

水月《みづき》ちゃんが睦月《むつき》くんにつかみかかったのを、ヒョイッと睦月《むつき》くんがかわす。

「へへ、オレのが運動神経《うんどうしんけい》いいもんね〜。」

「ほんと憎《にく》ったらしいんだから！　あとで覚《おぼ》えてろ！」

水月《みづき》ちゃんは叫《さけ》ぶと部屋《へや》を出《で》ていった。

雫《しずく》は目《め》を白黒《しろくろ》させて、びっくりしている。

「で、睦月《むつき》、どうやって捜《さが》すんだ？」

福士《ふくし》くんが睦月《むつき》くんに聞《き》く。

「インターネットで、『きなこ』で検索《けんさく》するんだ。犬《いぬ》を飼《か》うとみんなＳＮＳ《エスエヌエス》に写真《しゃしん》をあげるじゃん？」

「『きなこ』で検索《けんさく》はしたの。でも、きなこって名前《なまえ》の犬《いぬ》は、すごくいっぱいいて。」

雫《しずく》が肩《かた》を落《お》とす。

「だから、検索《けんさく》ワードも、『今年《ことし》の三月《がつ》から』とか『千葉《ちば》から』とか、具体的《ぐたいてき》にいろいろ入《い》れてみるんだよ。」

睦月《むつき》くんが、ノートパソコンのキーを軽快《けいかい》にたたく。

「睦月《むつき》、画像《がぞう》で検索《けんさく》してみろよ。」

福士《ふくし》くんが言《い》う。

「だな。」

画面《がめん》にずらりと犬《いぬ》の写真《しゃしん》が並《なら》ぶ。画面《がめん》をスクロールしていくと、

「あ！」

雫《しずく》が叫《さけ》んだ。

「きなこだ！」

「ええ？」

「マジかよ？」

全員《ぜんいん》がびっくりして、身《み》を乗《の》り出《だ》した。

「どれ？」

「これ！　絶対《ぜったい》にそう！」

雫《しずく》が、一匹《ぴき》の犬《いぬ》を指差《ゆびさ》す。茶色《ちゃいろ》の毛並《けな》みの、かわいい子犬《こいぬ》だった。

「少《すこ》し大《おお》きくなってるけど、これ、きなこ！」

「おお、きなこの成長《せいちょう》ブログがあるぜ！　三月《がつ》に千葉《ちば》の知人《ちじん》から、もらったってよ！」

睦月《むつき》くんが、ブログの画面《がめん》を表示《ひょうじ》する。

「まさか、こんなにあっさり見《み》つかるとは。」

「パパとママ、きなこを捨《す》てたわけじゃなかったんだ。よかった。」

雫《しずく》の目《め》から、わっと涙《なみだ》があふれる。

「だったら、ちゃんと娘《むすめ》に話《はな》せばいいのにな。」

福士《ふくし》くんが言《い》う。

「ほんとだよな。」

「居場所《いばしょ》を教《おし》えると、わたしが取《と》り返《かえ》しに行《い》くと思《おも》ったんじゃないかな。」

「ああ、そうか。」

「でも、よかった。きなこが生《い》きてた。それだけでいい。」

わたしは雫《しずく》の手《て》をにぎる。

「よかったね。元気《げんき》そうだね。」

「かわいいね。」

陽菜《ひな》ちゃんも笑顔《えがお》になる。

「飼《か》い主《ぬし》さんは、ブログに写真《しゃしん》まであげてる。きなこは、ちゃんと新《あたら》しい飼《か》い主《ぬし》さんにかわいがられてた。よかった。本当《ほんとう》によかった。」

雫《しずく》が、安心《あんしん》したのか、またボロボロと涙《なみだ》を流《なが》した。

「よし、じゃ、さっそく、このブログ主《ぬし》にコンタクトを取《と》ってみよう！　雫《しずく》のことを書《か》け

ば、いい返事《へんじ》が来《く》るはずだし、会《あ》えるぞ！　小学生《しょうがくせい》のお願《ねが》いなら聞《き》いてくれるだろ！」

睦月《むつき》くんがそう言《い》いながらメールを送《おく》ってる。すごい行動力《こうどうりょく》。

「お！　もう返事《へんじ》が来《き》たぞ。」

「え！　ウソ！」

「住《す》んでるの東京《とうきょう》だってよ！　世田谷区《せたがやく》だから、ここからそんなに遠《とお》くないじゃん！」

「え！　そうか。わたし、ずっと千葉《ちば》だと思《おも》ってた。きなこは、こんなに近《ちか》くにいたんだ。」

「きなこを連《つ》れていくから、会《あ》いましょうって言《い》ってくれてるぞ！」

「本当《ほんとう》に？　みんな、ありがとう、本当《ほんとう》にありがとう。」

「やっぱり、悩《なや》んでるだけじゃなにも解決《かいけつ》しないな。すべて行動《こうどう》あるのみだ！」

睦月《むつき》くんが言《い》った。


ゴールデンウイークに入《はい》って、ついに飼《か》い主《ぬし》さんときなことの、待《ま》ち合《あ》わせの日《ひ》がやってきた。

雫《しずく》、睦月《むつき》くん、福士《ふくし》くん、陽菜《ひな》ちゃん、わたしの五人《にん》で公園《こうえん》の噴水前《ふんすいまえ》に集《あつ》まった。

その日《ひ》は、朝《あさ》からよく晴《は》れていて、風《かぜ》が気持《きも》ちよかった。

「緊張《きんちょう》する！」

雫《しずく》が言《い》う。

「じゃあ、おまじないを教《おし》えてあげる。」

「どんなおまじない？」

「気《き》になっている人《ひと》とうまく話《はな》せるおまじない。」

わたしたちは、またみんなで、指《ゆび》でハートマークのおまじないを繰《く》り返《かえ》す。

そのとき、睦月《むつき》くんの携帯《けいたい》の着《ちゃく》メロ、「ドナドナ」が鳴《な》った。

「はい、噴水前《ふんすいまえ》にいます。わかりました。」

電話《でんわ》を切《き》った睦月《むつき》くんが言《い》う。

「駐車場《ちゅうしゃじょう》に車《くるま》を入《い》れたって。もう来《く》るぞ。」

しばらくして、二十代《だい》くらいの女性《じょせい》が、茶色《ちゃいろ》い犬《いぬ》を連《つ》れてこちらへ歩《ある》いてきた。

「わ、きなこ！」

雫《しずく》が叫《さけ》ぶと、きなこの耳《みみ》がピンと立《た》って、雷《かみなり》に打《う》たれたみたいに、ハッとして、こっちを見《み》た。

そして、きなこは、疾風《はやて》のような速《はや》さで、雫《しずく》に向《む》かって駆《か》けだした。

女《おんな》の人《ひと》の手《て》からリードが離《はな》れる。

きなこは、ブンブンと尻尾《しっぽ》を振《ふ》って、雫《しずく》に飛《と》びついてきた。

雫《しずく》はしゃがんで、きなこをぎゅっと抱《だ》きしめた。

「きなこ!」

雫《しずく》の腕《うで》の中《なか》で、興奮《こうふん》したきなこがバタバタ、あばれている。

嬉《うれ》しくて、じっとしていることができないみたい。

大《おお》はしゃぎで、雫《しずく》のほっぺたをなめている。

たちまち、雫《しずく》が、わっと泣《な》きだした。

そんな雫《しずく》ときなこを見《み》ていたら、わたしの胸《むね》までじいんと熱《あつ》くなってきた。

「きなこ、嬉《うれ》しそうだね。」

「うん。」

「雫《しずく》ちゃん。はじめまして。」

女《おんな》の人《ひと》があいさつした。優《やさ》しそうな笑顔《えがお》だった。

「じつは、わたしの父《ちち》は雫《しずく》ちゃんのパパの上司《じょうし》なの。」

「パパの会社《かいしゃ》の。へえ。」

「東京《とうきょう》でひとり暮《ぐ》らしを始《はじ》めて、ちょうど犬《いぬ》を飼《か》いたいと思《おも》っていたときに、父《ちち》から話《はなし》を持《も》ちかけられて。」

「そうだったんですか?」

「でも、捨《す》て犬《いぬ》を拾《ひろ》ったってことだけしか知《し》らなくて。今回《こんかい》、メールをもらって事情《じじょう》を知《し》って驚《おどろ》いたのよ。そんなに雫《しずく》ちゃんが心《こころ》を痛《いた》めていたなんて、わたしちっとも知《し》らなくて。本当《ほんとう》にかわいそうで。」

飼《か》い主《ぬし》さん、本当《ほんとう》にいい人《ひと》だな。

「ブログに連絡《れんらく》をくれてありがとう。それに、こんなに嬉《うれ》しそうなきなこは初《はじ》めて見《み》たわよ。」

飼《か》い主《ぬし》さんが、ニコッと笑《わら》った。

「きなこは本当《ほんとう》に雫《しずく》ちゃんのこと、大好《だいす》きなんだね。」

飼《か》い主《ぬし》さんが、わたしたちのほうを見《み》た。

「もらったあと、きなこは、ずっと元気《げんき》がなくてね。」

「え？」

「最初《さいしょ》は、食事《しょくじ》もとらなかったし、家《いえ》からいなくなったこともあるのよ。見《み》つけたときは、ずいぶん遠《とお》くに行《い》っていて。そこは、千葉《ちば》に向《む》かう道路《どうろ》だったの。そのとき、家《いえ》に帰《かえ》りたいんだなって思《おも》った。」

「え！　犬《いぬ》って、すごい！」

陽菜《ひな》ちゃんが言《い》う。

「そう、犬《いぬ》って、忠誠心《ちゅうせいしん》が強《つよ》いから、最初《さいしょ》の飼《か》い主《ぬし》さんをずっと忘《わす》れないのよね。」

「きなこ。」

雫《しずく》がきなこを抱《だ》きしめる。

「そうなのよ。きなこも雫《しずく》ちゃんといたほうが幸《しあわ》せなのよね。でも、マンションでは飼《か》えないのよね……。」

飼《か》い主《ぬし》さんが複雑《ふくざつ》な顔《かお》をしている。

「あの、じゃあ、きなこをぼくに譲《ゆず》ってもらえませんか？」

福士《ふくし》くんが、大《おお》きく息《いき》を吸《す》いこんでから言《い》った。

「え！」

びっくり。

「うちはここからすぐなんです。うちで飼《か》えば、雫《しずく》もきなこにすぐに会《あ》えるし。それがいいんじゃないかってずっと思《おも》ってました。どうか、お願《ねが》いします！」

「でも、ご家族《かぞく》は大丈夫《だいじょうぶ》なの？」

「親《おや》もちゃんと責任《せきにん》を持《も》つなら、いいって言《い》ってくれています。」

「でも、生《い》き物《もの》を飼《か》うのは想像以上《そうぞういじょう》に大変《たいへん》よ？　この先《さき》十年以上《ねんいじょう》、ちゃんと世話《せわ》をできる？」

「できます。します！　絶対《ぜったい》に、心《こころ》からかわいがるし、一生懸命《いっしょうけんめい》、世話《せわ》します。」

「じつは、このことは、オレと福士《ふくし》で相談《そうだん》してたんだ。うちはケーキ屋《や》だから、動物《どうぶつ》は飼《か》えない。万《まん》が一《いち》、商品《しょうひん》に動物《どうぶつ》の毛《け》が入《はい》ったらどうするんだ？　って親父《おやじ》が反対《はんたい》するから。だから、福士《ふくし》の家《いえ》で聞《き》いてみた。」

「本当《ほんとう》に、ちょうど、犬《いぬ》を飼《か》いたいって家族《かぞく》で話《はな》してたところだったんだ。しかも、飼《か》うなら、ペットショップで買《か》うんじゃなくて、保護《ほご》された犬《いぬ》をどこかでもらおうって。」

「そうなったら嬉《うれ》しいけど。でも、福士《ふくし》くん。本当《ほんとう》にいいの？　きなこでいいの？」

雫《しずく》が不安《ふあん》そうな顔《かお》で言《い》う。

「飼《か》い主《ぬし》さんもいいんですか？」

「もちろん、きなこと離《はな》れるのは、わたしも寂《さび》しいのよ。」

「あの、どうか、お願《ねが》いします！　わたしもお世話《せわ》します！　いっしょに散歩《さんぽ》に行《い》きます。」

わたしも叫《さけ》ぶ。

「オレたちも手伝《てつだ》うよ。」

「お願《ねが》いします！」

「どうかお願《ねが》いします！」

「雫《しずく》、ずっと元気《げんき》がなかったんです！」

四人《にん》で、頭《あたま》を下《さ》げると飼《か》い主《ぬし》さんが苦笑《くしょう》した。

「顔《かお》をあげて。お願《ねが》いよ。わたしが悪者《わるもの》みたいじゃない？」

「きなこ！」

福士《ふくし》くんが、かがんで呼《よ》ぶと、きなこが福士《ふくし》くんに駆《か》け寄《よ》ってきて、ひざに前足《まえあし》を乗《の》せた。

「わ、なついてる。」

「そうね。きなこも雫《しずく》ちゃんの近《ちか》くにいたほうが幸《しあわ》せそうね。」

飼《か》い主《ぬし》さんがポツリとつぶやいた。

「それに、こんなかわいい四人《にん》に頭《あたま》を下《さ》げられたら、わたしもまいっちゃうわよね。」

優《やさ》しく微笑《ほほえ》んでくれた。

「でも、わたしもきなこロスになっちゃうかも。そのときは、わたしが福士《ふくし》くんの家《いえ》に、きなこに会《あ》いに行《い》くわ。いいでしょう？」

「もちろんです！」

「じゃあ、福士《ふくし》くんの連絡先《れんらくさき》を教《おし》えてちょうだい。最終決断《さいしゅうけつだん》は、親御《おやご》さんと話《はな》し合《あ》ってからよ。わたしだって、きなこはかわいいの。ブログ、読《よ》んでくれたでしょ？」

「はい。わかっています。本当《ほんとう》にすみません。本当《ほんとう》に！」

みんなで頭《あたま》を下《さ》げる。

「でも、捨《す》てられていたきなこを拾《ひろ》ってきた、最初《さいしょ》の飼《か》い主《ぬし》は雫《しずく》ちゃんだものね。」

見上《みあ》げると澄《す》みきった青《あお》い空《そら》。

洗《あら》いあげたような新緑《しんりょく》。

みんないい仲間《なかま》だし、飼《か》い主《ぬし》さんもいい人《ひと》だし。胸《むね》が熱《あつ》くなるよ。

「みんな。ありがとう。」

雫《しずく》が泣《な》きながら、頭《あたま》を下《さ》げた。

「わたし、今日《きょう》のこと、一生《いっしょう》、忘《わす》れない。」

みんなのほおに心地《ここち》いい五月《がつ》の風《かぜ》が吹《ふ》いてくる。

風《かぜ》が木々《きぎ》をさわさわと揺《ゆ》らす。

「飼《か》い主《ぬし》さん、福士《ふくし》くん、睦月《むつき》くん、陽菜《ひな》ちゃん、蘭《らん》。そして、きなこ。みんな、ほんとにありがとう！　ありがとうございます。」

「ねえ、雫《しずく》。」

わたし、小声《こごえ》で耳元《みみもと》に話《はな》しかける。

「なに？」

「福士《ふくし》くんって、きなこに似《に》てると思《おも》わない？」

「あ。そう言《い》われれば、似《に》てるかも！」

そう言《い》うと、雫《しずく》が、やっと笑《わら》ってくれた。

やわらかくて、ふわふわの笑《え》み。

まるで綿菓子《わたがし》みたいなの。

こんなかわいい笑顔《えがお》、初《はじ》めて見《み》た。

さあ、笑顔《えがお》で暗《くら》い気持《きも》ちを吹《ふ》き飛《と》ばそう。

おまじないで、気持《きも》ちを切《き》り替《か》えよう。

指《ゆび》でハートマークのおまじない

手《て》のひらに**指《ゆび》でハートのマーク**を描《か》きます
その中《なか》に**気《き》になっている人《ひと》のイニシャル**を書《か》きます
小川蘭《おがわらん》なら、まずR《アール》を書《か》いてからO《オー》を書《か》きます
書《か》き終《お》わったら**両手《りょうて》を合《あ》わせて**、**目《め》をつぶって**
仲《なか》よく話《はな》せますように
と**祈《いの》ります**
そしたら、その人《ひと》と**仲《なか》よく話《はな》せる**よ！

（読者投稿《どくしゃとうこう》より）

第《だい》2章《しょう》

雫《しずく》のおまじない

Shizuku

「きなこってほんとに賢《かしこ》いんだよ！」

福士《ふくし》くんが自慢《じまん》げに言《い》う。

「でしょう？」

雫《しずく》が目《め》を細《ほそ》める。

「名前《なまえ》を呼《よ》んだら、飛《と》んでくるし、お座《すわ》り、ふせ、お手《て》、待《ま》ても覚《おぼ》えたし、ひとなつこいし、近所《きんじょ》の人《ひと》もみんな、ほめてくれるんだ。」

「よかった。きなこはみんなにかわいがられているんだね。」

「もう、家《いえ》じゅうで、猫《ねこ》かわいがりしてる。って、犬《いぬ》だから変《へん》だよな。こういう場合《ばあい》は、犬《いぬ》かわいがり？」

「あははは。」

雫《しずく》が笑《わら》った。

昼休《ひるやす》み、給食《きゅうしょく》のあと、福士《ふくし》くんと雫《しずく》が仲《なか》よく話《はな》している。

雫《しずく》は、なんだか生《い》き生《い》きして、転校《てんこう》してきたときの暗《くら》さがウソみたい。

あのあと、きなこは、無事《ぶじ》に福士《ふくし》くんの家《いえ》にやってきたんだよ。

飼《か》い主《ぬし》さんも福士《ふくし》くんの家族《かぞく》も、みんないい人《ひと》で、雫《しずく》のことを第一《だいいち》に考《かんが》えてくれたんだ。

「ねえ、福士《ふくし》くん。今日《きょう》も帰《かえ》りに、きなこに会《あ》いに行《い》っていい？」

「いいよ。いっしょに散歩《さんぽ》に行《い》こう！」

「うん！」

「ねえ、なんか、あのふたりいい感《かん》じだよね？」

陽菜《ひな》ちゃんが、わたしに小声《こごえ》で言《い》った。

「雫《しずく》、絶対《ぜったい》に福士《ふくし》くんのこと、好《す》きだと思《おも》うんだよね。」

「わたしもそう思《おも》う。美男美女《びなんびじょ》でお似合《にあ》いだよね。」

「ほんと！」

ふたりで並《なら》んでると、少女漫画《しょうじょまんが》に出《で》てくる、さわやかなカップルみたい。

よかったね。ずっと寂《さび》しかったんだもんね。

きなこと福士《ふくし》くんがいたら、心強《こころづよ》いよね。

きなこは、ほんとにひとなつこいいこで、わたしたちみんなでかわいがっているんだ。

休《やす》みの日《ひ》は、公園《こうえん》に集《あつ》まって遊《あそ》ぶんだよ。

でも、最近《さいきん》は、ふたりに遠慮《えんりょ》ぎみかな。

「お、オレも、きなこと遊《あそ》びてぇ。おーい、福士《ふくし》。」

「睦月《むつき》くん！」

わたしは、ふたりに向《む》かって歩《ある》きかけた睦月《むつき》くんのえり首《くび》を、あわててつかんで引《ひ》き止《と》める。

「ぐえ！　な、なにすんだよ？」

「もう！　ふたりきりにしてあげなくちゃ。」

「は？」

「鈍感《どんかん》！」

「ああ！」

睦月《むつき》くんもやっとわかったみたい。

「そういうことかあ。」

「ね？　気《き》をきかせてあげて。」

「でも、福士《ふくし》もよかったよな。」

「なにが？」

「あいつ、蘭《らん》のこと好《す》きだったじゃん。」

「え！」

わたしのほおが赤《あか》くなる。

「でも、蘭《らん》には修治《しゅうじ》がいるからあきらめたんだよな。あれでも、けっこう落《お》ちこんでたんだぜ。」

「そうなの？　蘭《らん》、やるう。」

陽菜《ひな》ちゃんが、からかってくる。

「やだ、やめてよ！　修《しゅう》ちゃんが福士《ふくし》くんによけいなこと言《い》うから！　もう！」

「蘭《らん》はやっぱり修治《しゅうじ》くんだよね！」

陽菜《ひな》ちゃんがこそっとわたしの耳元《みみもと》で言《い》う。

「いつか、六人《にん》で遊《あそ》びに行《い》けたらいいよね！」

そのとき、

「優太《ゆうた》！」

廊下《ろうか》から、富田《とみた》さんが福士《ふくし》くんに声《こえ》をかけた。

「なんだよ、莉子《りこ》。」

「ちょっと来《き》てよ！」

富田《とみた》さんが手招《てまね》きして、福士《ふくし》くんが廊下《ろうか》へと歩《ある》いていく。

富田莉子《とみたりこ》ちゃん。すらっと長身《ちょうしん》で、はきはきしていて、頭《あたま》もいいの。

切《き》れ長《なが》の涼《すず》しげな目《め》が印象的《いんしょうてき》。

大人《おとな》っぽくて、ちょっと勝《か》ち気《き》で、言《い》いたいことは、ズバズバ言《い》うタイプ。

「ねえ、あの子《こ》、誰《だれ》？」

雫《しずく》が顔色《かおいろ》を変《か》えて、こっちにやってきた。

「富田《とみた》さん。富田莉子《とみたりこ》ちゃん。」

「も、もしかして、彼女《かのじょ》？」

「違《ちが》うよ。」

「でも、福士《ふくし》くんとは、優太《ゆうた》と莉子《りこ》って、名前《なまえ》で呼《よ》びあう仲《なか》なの？」

「なんか、スイミングスクールがいっしょで、親同士《おやどうし》も仲《なか》がいいらしいぜ。」

睦月《むつき》くんが言《い》う。

「そう……。」

雫《しずく》が不安《ふあん》そうな顔《かお》になる。

「あ、じゃあ、オレ、サッカーやりに行《い》くわ。」

睦月《むつき》くんが空気《くうき》を読《よ》んで、サッと教室《きょうしつ》から出《で》ていった。

「ねえ、ねえ、雫《しずく》ちゃん。」

陽菜《ひな》ちゃんが言《い》う。

「福士《ふくし》くんのこと、好《す》きでしょ？」

雫《しずく》が真《ま》っ赤《か》になってうなずいた。

「きゃ！　やっぱり！」

「この前《まえ》も、福士《ふくし》くんときなこの散歩《さんぽ》をしたんだけどね。」

「うん。」

「そしたらね。たばこの吸《す》い殻《がら》が落《お》ちてるのを、福士《ふくし》くんが拾《ひろ》ってるの。」

雫《しずく》が、感動《かんどう》したように言《い》う。

「犬《いぬ》が間違《まちが》って食《た》べて、病気《びょうき》になったり死《し》んじゃったりすることがあるから、危《あぶ》ないって。」

「へえ。」

「本当《ほんとう》に、きなこを大事《だいじ》に飼《か》ってくれてるんだなって、もう感激《かんげき》しちゃって。」

雫《しずく》の目《め》がハートになってるよ。

「きなこのことで感謝《かんしゃ》してるし、だから。」

「わかるよ。あのね、わたしもね、睦月《むつき》くんが好《す》きなの！」

陽菜《ひな》ちゃんが言《い》う。

「去年《きょねん》から片思《かたおも》いなの。」

「きゃあ！　陽菜《ひな》ちゃん、応援《おうえん》するね！」

急《きゅう》に、ふたりで盛《も》り上《あ》がっちゃってる。

いつもは、おとなしい陽菜《ひな》ちゃんが、あんなにおしゃべりになるなんて。

好《す》きってすごいな。

「ねえ。蘭《らん》は、好《す》きな人《ひと》いないの？」

雫《しずく》が聞《き》く。

「いない。」

「またまた〜。蘭《らん》には、修治《しゅうじ》くんがいるもんね。」

「え？　彼《かれ》がいるの？」

「すごいんだよ。ジュニアピアニストのコンクールで優勝《ゆうしょう》した太宰修治《だざいしゅうじ》くんって、聞《き》いたことない？」

「え！　知《し》ってる。テレビで見《み》たよ！　蘭《らん》の彼《かれ》なの？　有名人《ゆうめいじん》！」

「そんなんじゃないよ！　ただのおさななじみだってば！」

「まあ、いいよ。そういうことにしておこう。」

陽菜《ひな》ちゃんが大人《おとな》っぽく言《い》うと、メガネをぐいっと持《も》ち上《あ》げた。

「雫《しずく》ちゃん。わたしたちね、去年《きょねん》から、おまじないに凝《こ》ってるの。」

雫《しずく》が身《み》を乗《の》り出《だ》した。

「え！　わたしも！　わたし、今《いま》もやってるおまじないがあるんだ。」

「え？　なんのおまじない？」

「好《す》きな人《ひと》に想《おも》いが通《つう》じるおまじない。」

「きゃ〜！」

わたしと陽菜《ひな》ちゃんで叫《さけ》んじゃう。

「そのおまじない、教《おし》えて！」

「陽菜《ひな》ちゃん、必死《ひっし》すぎ。」

「すご〜く簡単《かんたん》よ。好《す》きな人《ひと》の後《うし》ろ姿《すがた》に向《む》かって、まばたきを三回《かい》すると、想《おも》いが通《つう》じるっていうの。」

「へえ！」

「簡単《かんたん》！　わたしもやる！」

陽菜《ひな》ちゃんが両手《りょうて》をにぎりしめた。

「じゃあ、さっそくやってみる。」

雫《しずく》が、廊下《ろうか》の福士《ふくし》くんの背中《せなか》を見《み》て、まばたきをした。

でも、福士《ふくし》くんは、楽《たの》しそうに富田《とみた》さんと盛《も》り上《あ》がってる。

富田《とみた》さん、北原先生《きたはらせんせい》のファンしてたのに福士《ふくし》くんのこと、好《す》きなのかな？

なんだか、いやな予感《よかん》がする。

富田《とみた》さんがライバルなんて、怖《こわ》いよ。

なにをされるかわかんないもん。


「ただいま！」

家《いえ》に帰《かえ》って、リビングで宿題《しゅくだい》をしていたら、お姉《ねえ》ちゃんが帰《かえ》ってきた。

「おかえりなさい！」

中学《ちゅうがく》の制服《せいふく》を着《き》ていると、ふだんよりずっと大人《おとな》っぽく見《み》える。

いいなあ。あこがれちゃう。

わたしも来年《らいねん》、この中学《ちゅうがく》の制服《せいふく》を着《き》るんだ。楽《たの》しみ！

「あ～、疲《つか》れたあ。」

お姉《ねえ》ちゃんが、どさっとソファーに座《すわ》った。

「もう一歩《いっぽ》も動《うご》けない。」

「大《おお》げさ。」

「吹奏楽部《すいそうがくぶ》って筋《きん》トレがあるんだよ？　知《し》ってた？」

「知《し》らなかった。」

「それに、中学《ちゅうがく》になると、学科《がっか》の科目《かもく》が増《ふ》えてクラクラしちゃうよ。」

「そうかあ。大変《たいへん》だね。」

「もうダメ。」

「ねえ、お姉《ねえ》ちゃん、冷蔵庫《れいぞうこ》に『うさぎや』のシュークリームがあるよ。」

「え！　やだ！　早《はや》く言《い》ってよ！」

お姉《ねえ》ちゃんがまるで別人《べつじん》のようにさっと立《た》ち上《あ》がって、冷蔵庫《れいぞうこ》まですっ飛《と》んでいった。

「一歩《いっぽ》も動《うご》けないんじゃなかったの？」

わたし、笑《わら》っちゃう。

「うわあ。おいし～い！」

お姉《ねえ》ちゃんが、立《た》ったままかぶりついて、パッと笑顔《えがお》になった。

人《ひと》の心《こころ》をなごませるようなあったかい笑顔《えがお》。

「ああ、今日《きょう》もケーキがおいしい！　やせるひまがない！」

わたし、また笑《わら》ってしまう。

「あ、そうだ。今日《きょう》ね。好《す》きな人《ひと》に想《おも》いが通《つう》じるおまじないを聞《き》いたんだよ。」

「え？　どんなおまじない？」

「とっても簡単《かんたん》なんだ。道具《どうぐ》もいらないの。」

「なに？　教《おし》えて！」

意外《いがい》。

「もしかして、お姉《ねえ》ちゃん、中学《ちゅうがく》で好《す》きな人《ひと》ができたの？」

「え？　いや。ま、まさか！」

否定《ひてい》してるけど、あやし〜い。

「すでに、つきあってるとか？」

「そんなわけないでしょ！　話《はなし》もしたことないんだから！」

「あ！　やっぱりいるんだ。」

お姉《ねえ》ちゃんが、しまった！　って顔《かお》をしてる。
「す、好《す》きとか、そんなんじゃないよ。ちょっと、いいかなって思《おも》っただけだよ！」
お姉《ねえ》ちゃんが真《ま》っ赤《か》になってる。
わあ。本当《ほんとう》にいるんだ。
「じゃあ、おまじない、教《おし》えてあげるね。」
へえ、そうかあ。いるのか。
ということは、陽菜《ひな》ちゃん、チャンスだよね！
陽菜《ひな》ちゃんは、睦月《むつき》くんが好《す》き。
睦月《むつき》くんは、お姉《ねえ》ちゃんが好《す》きなんだもん。
でも、お姉《ねえ》ちゃんは、中学《ちゅうがく》に入《はい》って、どうやら好《す》きな人《ひと》ができたらしい。
みんな、片思《かたおも》いか。なんだか、少《すこ》しせつないけど。
わたしはまだ好《す》きな人《ひと》はいないけれど、みんなの想《おも》いが、誰《だれ》かの胸《むね》に届《とど》くといいな。
みんなの恋《こい》を応援《おうえん》したいな。
だって、自分以外《じぶんいがい》の誰《だれ》かを好《す》きになれるって、とってもキレイな気持《きも》ちだと思《おも》うんだ。

憎《にく》んだり、嫌《きら》ったり、いがみあうより、ずうっといい。


「蘭《らん》、陽菜《ひな》ちゃん、お待《ま》たせ！」

雫《しずく》が、小鹿《こじか》みたいに軽《かろ》やかな足取《あしど》りで、こっちに走《はし》ってきた。

日曜日《にちようび》。公園《こうえん》の噴水前《ふんすいまえ》で待《ま》ち合《あ》わせ。

今日《きょう》は、みんなで、きなこと遊《あそ》ぶんだ。

空《そら》はやわらかいブルーに澄《す》んで、五月《がつ》の日差《ひざ》しが金色《きんいろ》にこぼれ落《お》ちてる。

「雫《しずく》！　ここにいたのね。捜《さが》したわよ。」

ふいに、大人《おとな》の女《おんな》の人《ひと》の声《こえ》がした。

「あ、ママ！」

雫《しずく》の表情《ひょうじょう》がみるみる曇《くも》っていく。

え？　雫《しずく》のママ？　よく似《に》てる。ほっそりしてキレイな人《ひと》だ。

「あ、あの、こんにちは！」

わたしと陽菜《ひな》ちゃんは、頭《あたま》を下《さ》げてあいさつする。

「同《おな》じクラスの小川蘭《おがわらん》です。」

「渡部陽菜《わたべひな》です。」

「雫《しずく》の母《はは》です。まあ、お友達《ともだち》ができたのね。よかったわ。よろしくお願《ねが》いしますね。」

「はい！」

そのとき、

「ワン！」

きなこの声《こえ》がした。福士《ふくし》くんがきなこを連《つ》れて、こっちに歩《ある》いてくる。

「きなこ！　やっぱり、きなこのこと本当《ほんとう》だったのね。」

雫《しずく》のママが、きなこを見《み》て言《い》った。

「パパが最近《さいきん》になって、会社《かいしゃ》の人《ひと》から聞《き》いたのよ。雫《しずく》、なんで、ひとりで勝手《かって》にこんなことするのよ？　ママになんで話《はな》してくれないの？　相談《そうだん》してくれないの？」

「相談《そうだん》？　勝手《かって》にきなこのこと、人《ひと》にあげちゃったくせに！」

雫《しずく》が叫《さけ》んだ。

「それに、ママに話《はな》したら、また、きなこをよそにやっちゃうでしょ！」

雫《しずく》が顔《かお》をあげて、キッとママをにらんだ。

「雫《しずく》、帰《かえ》りましょう。家《いえ》で詳《くわ》しく聞《き》くわ。」

「やだ。きなこと遊《あそ》びたい！」

「あの、すみません。同《おな》じクラスの福士優太《ふくしゆうた》といいます。ぼくの家《いえ》で、きなこを引《ひ》き取《と》ったんです。」

「ごめんなさいね。うちの娘《むすめ》がわがままでよその家《いえ》まで巻《ま》きこんで。」

「いえ、きなこはうちの家族《かぞく》もかわいがっていますから。」

「福士《ふくし》くん、連絡先《れんらくさき》を教《おし》えてもらえる？　ご両親《りょうしん》におわびしたいわ。」

「そんな、おわびなんて。」

「みなさん、雫《しずく》が迷惑《めいわく》をかけてごめんなさいね。」

雫《しずく》のママが、わたしたちに頭《あたま》を下《さ》げた。

「迷惑《めいわく》じゃないです！」

わたしは必死《ひっし》で言《い》った。

「わたしたちも、きなこと遊《あそ》べて嬉《うれ》しいんです。楽《たの》しいんです。」

「でも！」

「ねえ、ママ、もうやめて！　口《くち》をはさまないでよ！」

「そういうわけにはいかないでしょう。犬《いぬ》を飼《か》うには、お金《かね》も手間《てま》もかかるのよ！　引《ひ》き取《と》ってもらった上司《じょうし》の方《かた》の娘《むすめ》さんにも悪《わる》いことをしたわ。雫《しずく》、わがまま、言《い》わないの！」

「ママは、わたしが、ずっとどんなに寂《さび》しかったかわかる？」

「え？」

「ほんとに、ひどいよ。ふたりとも、わたしのことなんかたいせつじゃないんでしょ？どうでもいいんでしょ？」

雫《しずく》の目《め》から、わっと涙《なみだ》があふれて、ママが愕然《がくぜん》とした表情《ひょうじょう》になる。

「わたしのことを必要《ひつよう》としてくれるのは、きなこだけなの！　もしまた、きなこをどこかにやったら、わたし、パパとママとは一生《いっしょう》、口《くち》をきかないからね！」

雫《しずく》が、ボロボロ泣《な》きだした。

「わたしは、パパもママも大《だい》っ嫌《きら》いだよ！」

雫《しずく》の言葉《ことば》に、ママが絶句《ぜっく》した。

重《おも》くるしい沈黙《ちんもく》。それを破《やぶ》ったのは、きなこだった。

「ワン！」

きなこが、雫《しずく》に飛《と》びついて、雫《しずく》が、きなこをぎゅうっと抱《だ》きしめた。

ヒック、ヒック。雫《しずく》がしゃくりあげている。

「雫《しずく》！」

ママがかがむと、雫《しずく》をきなこごと、ぎゅうっと抱《だ》きしめた。

すると、きなこがママのほおの涙《なみだ》をなめた。

「きなこ……。」

雫《しずく》のママが、ふいに激《はげ》しくすすり泣《な》いた。

「雫《しずく》。きなこ。ごめんね。パパとケンカばっかりしていてごめんね。ママも、パパとうまくいかなくてずっと悩《なや》んでいたの。そのことで頭《あたま》がいっぱいで、引《ひ》っ越《こ》しもあって、雫《しずく》ときなこのことを考《かんが》える余裕《よゆう》がなかったの。雫《しずく》もつらかったわよね。ごめんなさい。」

「ママ……。」

「よう！　遅《おそ》くなって、ごめん！」

そこに、睦月《むつき》くんが走《はし》ってやってきた。

「お待《ま》たせ！　おわ！」

雫《しずく》のママがきなこごと雫《しずく》を抱《だ》きしめているのを見《み》て、びっくりしてる。

わたしと陽菜《ひな》ちゃんと福士《ふくし》くんは、睦月《むつき》くんを引《ひ》っ張《ぱ》った。

「しばらく、ふたりきりにしてあげよう。」

わたしたち四人《にん》は、公園内《こうえんない》を歩《ある》くことにした。

歩《ある》きながら、なにがあったか、睦月《むつき》くんに説明《せつめい》すると睦月《むつき》くんが言《い》った。

「そうか。あのさあ、オレは世界平和《せかいへいわ》を望《のぞ》んでるんだよ。」

「なに、突然《とつぜん》？」

「みんなもだろ？」

「まあ、それはそうだけど。」

「でさ。マザー・テレサが『世界平和《せかいへいわ》のためにはどんなことをしたらいいですか？』とたずねられて、こう答《こた》えてるんだ。」

「なんて？」

「『家《いえ》に帰《かえ》って、家族《かぞく》を愛《あい》してあげてください。』」

「へえ。」

「みんな、世界平和《せかいへいわ》を望《のぞ》んでいるのに、近《ちか》くにいる家族《かぞく》や友達《ともだち》とケンカしたり、憎《にく》みあったり、争《あらそ》ったりしてる。まず、それをやめることが平和《へいわ》への第一歩《だいいっぽ》ってこと。家族平和《かぞくへいわ》は世界平和《せかいへいわ》なんだよ。」

「睦月《むつき》くんって、ほんといいこと言《い》うね。」

陽菜《ひな》ちゃんが、またほめてる。

「でも、そういうオレは、水月《みづき》とは、ケンカばっかりだけどな。」

「でも、ふたりのケンカには愛《あい》があるよ。信頼関係《しんらいかんけい》がなかったら、あんなにケンカできないよ。」

わたしの言葉《ことば》に睦月《むつき》くんが笑《わら》った。


「あ、雫《しずく》だ。」

五月《がつ》の終《お》わり、夕方《ゆうがた》の公園《こうえん》で、きなこの散歩《さんぽ》をしている雫《しずく》とママと福士《ふくし》くんを見《み》かけた。

あれから、雫《しずく》とママとパパは長《なが》い時間《じかん》、話《はな》しあったみたい。

そして、もう一度《いちど》、家族《かぞく》でやり直《なお》そうと決《き》めたらしいの。

パパも、最近《さいきん》は早《はや》く帰《かえ》ってくるようになって、三人《にん》で夕食《ゆうしょく》を食《た》べることも多《おお》くなったって、雫《しずく》が言《い》ってた。

きなこもそのまま福士《ふくし》くんの家《いえ》で飼《か》われている。

いろいろあったけど、本当《ほんとう》によかったよね。

やっぱり、家族《かぞく》でいがみあってるなんて寂《さび》しいよね。


「ねえ、昨日《きのう》の夕方《ゆうがた》、ママと福士《ふくし》くんと、きなこの散歩《さんぽ》してたね！」

翌朝《よくあさ》、教室《きょうしつ》で雫《しずく》に言《い》うと、雫《しずく》がはにかんだように笑《わら》った。

「わたしもね。反省《はんせい》したんだ。」

「反省《はんせい》？」

「うん。わたしも自分《じぶん》のことしか考《かんが》えてなかったなって。パパもママも悩《なや》んでいたのに、わたしは、ひとりでかんしゃくを起《お》こして、あたり散《ち》らして、ずっと口《くち》をきかなかった。

クラスでも孤立《こりつ》してた。」

「あ、うん。そうだったね。」

「自分《じぶん》が傷《きず》ついたから、みんなにも同《おな》じ思《おも》いをさせてやる！　って思《おも》ってたんだ。人《ひと》を傷《きず》つけたかったんだ。わたしって最悪《さいあく》だよね。」

「そうだったんだ。」

「でも、それって間違《まちが》ってた。蘭《らん》や福士《ふくし》くん、陽菜《ひな》ちゃんや睦月《むつき》くんが、それを教《おし》えてくれた。きなこの飼《か》い主《ぬし》さんも、福士《ふくし》くんの家族《かぞく》も。みんな、こんなわたしに優《やさ》しくしてくれた。」

雫《しずく》の目《め》が潤《うる》んでる。

「ねえ、昨日《きのう》ね。わたし、見《み》ちゃった。」

「なにを？」

「雫《しずく》と福士《ふくし》くんがきなこと遊《あそ》んでいたとき、雫《しずく》のママがね。雫《しずく》の背中《せなか》を見《み》ながら、まばたき三回《かい》してたよ。」

「え？」

「わたしが、教《おし》えてあげたんだ。」

わたしは笑《わら》う。

「好《す》きな人《ひと》に想《おも》いが通《つう》じるおまじない！」

「蘭《らん》。ありがとう。」

雫《しずく》が泣《な》き笑《わら》いのような表情《ひょうじょう》を浮《う》かべると、わたしに抱《だ》きついてきた。

好《す》きな人《ひと》の後《うし》ろ姿《すがた》に向《む》かって
まばたきを3回《かい》すると
想《おも》いが通《つう》じるよ

（読者投稿《どくしゃとうこう》より）

第《だい》3章《しょう》

陽《ひ》菜《な》のおまじない

Hina

「ラベンダーは、ポプリや入浴剤《にゅうよくざい》にもよく使《つか》われますよね。優雅《ゆうが》で優《やさ》しい香《かお》りがして、リラックス効果《こうか》がありますよ。」

エプロン姿《すがた》の陽菜《ひな》ちゃんが花屋《はなや》さんの店先《みせさき》で、お客様《きゃくさま》の相手《あいて》をしている。

今日《きょう》も雨《あめ》。アスファルトを銀《ぎん》の雨《あめ》がたたいている。

「お部屋《へや》にラベンダーを飾《かざ》ると、家族《かぞく》の雰囲気《ふんいき》が穏《おだ》やかになります。」

「あら、じゃあ、ひとつ、買《か》っていくわ。」

「ありがとうございます！」

「ねえ、陽菜《ひな》ちゃん、ローズマリーにはどんな効果《こうか》があるの？」

別《べつ》のお客様《きゃくさま》が聞《き》く。

「若返《わかがえ》りの効果《こうか》があります！」

「若返《わかがえ》り？」

「はい。ローズマリーには、抗酸化作用《こうさんかさよう》があって、アンチエイジングにいいんですよ。お料理《りょうり》にも使《つか》えます。お肉《にく》やお魚《さかな》の臭《くさ》みを消《け》し、オイルにつけておくと香《かお》りもよくなります。じゃがいもと炒《いた》めてもおいしいです。」

WATABE
SEIKATEN

「まあ、じゃあ、ローズマリーの鉢植《はちう》えをいただくわ。」

日曜日《にちようび》、渡部生花店《わたべせいかてん》に寄《よ》ってみたら、陽菜《ひな》ちゃんの接客《せっきゃく》に、びっくり。

「陽菜《ひな》ちゃん、すご〜い！　さすがだね。お店《みせ》も大繁盛《だいはんじょう》じゃない？」

「あ、蘭《らん》。来《き》てくれたの？」

陽菜《ひな》ちゃんが笑《わら》う。

「お手伝《てつだ》いして、えらいねえ。」

うちのパパは普通《ふつう》の会社員《かいしゃいん》だから、お店屋《みせや》さんの子《こ》ってあこがれちゃうな。

中《なか》でも、お花屋《はなや》さんとケーキ屋《や》さんって、女《おんな》の子《こ》のあこがれの職業《しょくぎょう》アンケートでいつも上位《じょうい》に入《はい》ってるよね。

陽菜《ひな》ちゃんと水月《みづき》ちゃんは、もう家《いえ》の仕事《しごと》を継《つ》ぐって決《き》めていて、夢《ゆめ》に向《む》かって走《はし》りだしてる。

じめじめとした梅雨《つゆ》が始《はじ》まり、肌寒《はださむ》い。気持《きも》ちも沈《しず》みがちな六月《がつ》。

でも、キレイな花《はな》を見《み》ているだけで、気分《きぶん》がよくなるし、落《お》ち着《つ》くよね。

「ねえ、陽菜《ひな》ちゃん、ちょっと相談《そうだん》があるの。」

「なに？」

「おお。蘭《らん》ちゃん、いらっしゃい。」

そこに、陽菜《ひな》ちゃんのパパがやってきた。

「陽菜《ひな》。もういいから、休憩《きゅうけい》にしなさい。」

「え、いいの？」

「いいよ。さあ、アルバイト代《だい》だ。これで、蘭《らん》ちゃんとケーキでも食《た》べてきなさい。」

「わあ、やったあ。」

陽菜《ひな》ちゃんが微笑《ほほえ》む。

「ね？　陽菜《ひな》ちゃん、『うさぎや』に行《い》こうか。」

「うん。」

「睦月《むつき》くん、いるかな？」

「きゃ、やだ。」

傘《かさ》を差《さ》して、小雨《こさめ》の中《なか》を歩《ある》きながら、話《はな》す。

「相談《そうだん》って？」

「陽菜《ひな》ちゃんは、お花《はな》やハーブを使《つか》ったおまじないを研究《けんきゅう》しているでしょ？」

「うん。」

「ほら、クラスで、最近《さいきん》、男女《だんじょ》の仲《なか》があんまりよくないじゃない？」

「だね。」

「だから、お花係《はながかり》の陽菜《ひな》ちゃんに、みんなが仲《なか》よくなるようなお花《はな》を教室《きょうしつ》に飾《かざ》ってほしくて。先生《せんせい》にも相談《そうだん》したら、いいって。さっき、ラベンダーの香《かお》りがいいって言《い》ってたよね？」

「そう、香《かお》りには、いろんな効果《こうか》があるの。ラベンダーの香《かお》りには、いやしの効果《こうか》があるし、ミントやユーカリのフレッシュな香《かお》りは、疲《つか》れた頭《あたま》をリフレッシュさせてくれる。だから、テスト中《ちゅう》にも、おすすめ。」

「なるほど。」

「香《かお》りだけでなく、花《はな》の色《いろ》の効果《こうか》もあるよ。」

「色《いろ》？」

「うん。赤《あか》い花《はな》は情熱《じょうねつ》やエネルギーを感《かん》じさせるから、やる気《き》を盛《も》り上《あ》げてくれる。逆《ぎゃく》に青《あお》い花《はな》は、空《そら》や海《うみ》を連想《れんそう》させて、ホッと心《こころ》を落《お》ち着《つ》かせてくれる。」

「ああ、わかる。」

「紫《むらさき》は知恵《ちえ》の色《いろ》だから、教室《きょうしつ》にぴったりだし、文化祭《ぶんかさい》とか体育祭前《たいいくさいまえ》の活発《かっぱつ》に活動《かつどう》したいときなら、希望《きぼう》を感《かん》じさせる太陽《たいよう》のような黄色《きいろ》い花《はな》がいい。」

ふだんはおとなしい陽菜《ひな》ちゃんが別人《べつじん》みたいだ。

「愛《あい》を感《かん》じたいならピンクの花《はな》ね。バレンタイン前《まえ》は、ピンクがいいかな。」

「さすが。陽菜《ひな》ちゃんは、お花《はな》やハーブをあやつる魔法使《まほうつか》いだね！」

「本当《ほんとう》はね。植物《しょくぶつ》がたくさん育《そだ》っている自然《しぜん》の中《なか》を歩《ある》くといいの。お花畑《はなばたけ》に行《い》くと、気分《きぶん》転換《てんかん》できるでしょ？」

「そうだね。去年《きょねん》の写生会《しゃせいかい》、楽《たの》しかったなあ。」

「ね？　植物《しょくぶつ》は、人《ひと》の心《こころ》を回復《かいふく》させる力《ちから》があるのよ。ハーブ園《えん》とか、お花屋《はなや》さんに行《い》くだけでも気分《きぶん》がいいでしょ？」

「ほんとだね。」

「ねえ、蘭《らん》。じつは、わたしも相談《そうだん》があるの。」

「なに？」

「莉子《りこ》ちゃんのこと。なんか最近《さいきん》、睦月《むつき》くんに急接近《きゅうせっきん》してない？」

「ああ、富田《とみた》さんね。うん。気《き》がついてた。」

「ひどくない？　この前《まえ》まで、福士《ふくし》くんにアプローチしてたよね？」

「うん。かなり。」

「今《いま》、福士《ふくし》くんと雫《しずく》ちゃんがいい感《かん》じだから、乗《の》り換《か》えたのかな。」

「だと思《おも》う。」

「でも、莉子《りこ》ちゃん、美人《びじん》だもんね。好《す》かれたら睦月《むつき》くんだって嬉《うれ》しいよね。」

「そんなことないと思《おも》うよ。」

「やだな。不安《ふあん》になっちゃう。」

陽菜《ひな》ちゃんがうつむいた。

「落《お》ちこむことないってば。」

そうは言《い》ったけど、相手《あいて》があの富田《とみた》さんだもんなあ。

なにするかわからないよね。

そんなことを考《かんが》えながら、『うさぎや』に入《はい》っていくと、

「いらっしゃいませ！」

水月《みづき》ちゃんが反射的《はんしゃてき》に営業《えいぎょう》スマイルで迎《むか》えてくれる。

「蘭《らん》！　お、陽菜《ひな》もいるじゃん。」

睦月《むつき》くんの声《こえ》がした。

「え？」

なんと、ウワサの富田《とみた》さんが、睦月《むつき》くんの横《よこ》にいたんだよ！

え～！　どうして？

「あら。」

富田《とみた》さんが、ジロリとこっちを見《み》た。

「富田《とみた》がさ、おまじないクッキーを買《か》いに来《き》てくれたんだよ。」

睦月《むつき》くんが嬉《うれ》しそうに言《い》う。

「親戚《しんせき》へのお土産《みやげ》だって。なんと十箱《ぱこ》も買《か》ってくれたんだぜ！」

「十箱《ぱこ》も！」

「ありがたいわ～！　たすかるわ～。」

水月《みづき》ちゃんが満面《まんめん》の笑《え》みで言《い》う。

「富田《とみた》。このクッキー、オレと水月《みづき》と蘭《らん》と蘭《らん》の姉《ねえ》ちゃんで考《かんが》えたんだぜ。」

「へえ、すごいんだ。わたしもおまじないって興味《きょうみ》あるな。」

富田《とみた》さんが甘《あま》えるように言《い》う。

「ねえ、紙袋《かみぶくろ》がふたつになっちゃったけど、富田《とみた》さん、持《も》てるかな？」

「え～、持《も》てない。だって、傘《かさ》も持《も》たなきゃだし。どうしよう。」

「睦月《むつき》！　じゃあ、あんた、家《いえ》まで持《も》っていってあげなさい。」

水月《みづき》ちゃんが言《い》う。

「え！」

「雨《あめ》なのよ！　それに、こんなに買《か》ってくれたのよ！　つべこべ言《い》わない！」

「わかったよ。んじゃ、富田《とみた》。行《い》くか。」

「うん！　睦月《むつき》くん、よろしくね！」

「蘭《らん》、陽菜《ひな》、じゃな。」

睦月《むつき》くんが店《みせ》を出《で》ていこうとしたとき、睦月《むつき》くんのカーゴパンツのポケットから、ハン

USAGIYA
USAGIYA
USAGIYA

カチが落《お》ちた。

「あ、睦月《むつき》くん。」

陽菜《ひな》ちゃんが、かがんでハンカチを拾《ひろ》うと、それに気《き》がついた富田《とみた》さんが、

「貸《か》して！」

強引《ごういん》に陽菜《ひな》ちゃんから、パッとハンカチを奪《うば》った。

陽菜《ひな》ちゃんがびっくりしていると、

「睦月《むつき》く〜ん。ハンカチ、落《お》としたよ。」

「お、サンキュ！」

睦月《むつき》くんから笑顔《えがお》をもらってるの。


「なにあれ？」

『うさぎや』のすみにあるイートインスペースで、わたしと陽菜《ひな》ちゃんはケーキを前《まえ》にため息《いき》をつく。

「お金《かね》にモノを言《い》わせて、アピールしてたね。それに、わざと持《も》ちきれないほど買《か》ったん

だと思《おも》うな。」

「やだ。睦月《むつき》くんのこと、取《と》らないでほしい。」

陽菜《ひな》ちゃんが肩《かた》を震《ふる》わせている。

「でも、でも、睦月《むつき》くんは、蘭《らん》のお姉《ねえ》さんの凜《りん》さんのことが好《す》きだから、莉子《りこ》ちゃんとはつきあわないよね？　莉子《りこ》ちゃんだったら、凜《りん》さんとつきあうほうがずっといいや。」

「でも、うちのお姉《ねえ》ちゃん、中学《ちゅうがく》で好《す》きな人《ひと》がいるみたい。」

「え！　そうなの？　でも、莉子《りこ》ちゃんだけはやだな。イジメっこなんだもん。わたしもイジメられてたし、蘭《らん》のこともイジメてたし。」

「ねえ、陽菜《ひな》ちゃん、新《あたら》しいおまじないを教《おし》えてあげる。」

「え？　どんなおまじない？」

「もうすぐ席替《せきが》えでしょ？　今度《こんど》の席替《せきが》えで、睦月《むつき》くんととなりの席《せき》になれるおまじない！」

「え？　そんなのあるの？」

「調《しら》べたの！　同《おな》じクラスなんだもん。富田《とみた》さんより陽菜《ひな》ちゃんのほうが、絶対《ぜったい》に有利《ゆうり》だよ！」

わたしはカバンから、紙《かみ》とペンを出《だ》す。

「まず、白《しろ》い紙《かみ》に黒《くろ》いペンでうさぎの顔《かお》を二つ描《か》きます。」

「かわいい！」

「ウサギは、はねるでしょ？　だから、運《うん》を飛躍《ひやく》させる効果《こうか》があるんだって。」

「へえ。睦月《むつき》くんちは『うさぎや』だしね。ご利益《りやく》ありそう。」

「そして、となりあう耳《みみ》を赤《あか》ペンで結《むす》びます。」

「ふむふむ。」

「それを自分《じぶん》の教室《きょうしつ》の机《つくえ》の中《なか》に入《い》れておくだけ。席替《せきが》えの日《ひ》まで、人《ひと》にバレなければOK《オーケー》。」

「わかった。やってみる！」

陽菜《ひな》ちゃんが拳《こぶし》をにぎった。

「お花《はな》を買《か》いに来《き》たよ！」

それから一週間後《しゅうかんご》。またわたしは渡部生花店《わたべせいかてん》を訪《たず》ねた。今日《きょう》は、睦月《むつき》くんといっしょだよ。

「わあ、蘭《らん》、睦月《むつき》くん。いらっしゃい！」

「もうすぐ、夏至《げし》だろ？　だから、紫陽花《あじさい》を買《か》いに来《き》たんだ。」

睦月《むつき》くんが言《い》う。

「わあ。睦月《むつき》くん、覚《おぼ》えててくれたの？」

「ああ、金持《かねも》ちになれるおまじないな。」

「ふふふ。」

「今年《ことし》から、水月《みづき》が私立中学《しりつちゅうがく》に行《い》ったろ？　来年《らいねん》は、オレも同《おな》じ中学《ちゅうがく》を受験《じゅけん》するしさ。金《かね》がかかるじゃん？　だから、今年《ことし》は気合《きあい》入《い》れて祈《いの》るぜ！」

「じゃあ、いちばんキレイな紫陽花《あじさい》を選《えら》んであげるね。」

陽菜《ひな》ちゃん、すごく嬉《うれ》しそうだ。


「蘭《らん》。今日《きょう》は本当《ほんとう》にありがとうね。」

お店《みせ》のすみで、陽菜《ひな》ちゃんが、わたしの手《て》をにぎりながら小声《こごえ》で言《い》った。

「睦月《むつき》くんを連《つ》れてきてくれてありがとう。あと、この前《まえ》のおまじないもありがとう。まさか、本当《ほんとう》にとなりの席《せき》になれるとは思《おも》わなかった。」

そうなの。陽菜《ひな》ちゃんの想《おも》いが通《つう》じたのか、ふたりはとなりの席《せき》になれたんだよ。

わたしもびっくり。

「でも、陽菜《ひな》ちゃんも、タンポポのおまじないを教《おし》えてくれたじゃない。それに、陽菜《ひな》ちゃんの飾《かざ》ってくれたお花《はな》のおかげで、最近《さいきん》、クラスのケンカもなくなったもん。」

「でしょ？　植物《しょくぶつ》ってすごいパワーがあるのよね。木《き》は秋《あき》に葉《は》が落《お》ちても、また芽吹《めぶ》いて花《はな》を咲《さ》かせるんだから。」

「そう考《かんが》えるとすごいなあ。」

「今《いま》、学校《がっこう》に行《い》くのが本当《ほんとう》に楽《たの》しくて！　睦月《むつき》くんとも前《まえ》よりずっと話《はな》せるようになったし。」

「うん。」

「蘭《らん》。ありがとうね。これからもずっと友達《ともだち》でいてね。中学《ちゅうがく》が変《か》わってもだよ。その先《さき》もずっとだよ。一生《いっしょう》だよ。」

「わたしこそ。」

「それで、結婚式《けっこんしき》に呼《よ》んでね！」

「え！　結婚式《けっこんしき》！」

「わたし、将来《しょうらい》はフラワーアレンジメントの勉強《べんきょう》をして、資格《しかく》も取《と》りたいの。」

陽菜《ひな》ちゃんが胸《むね》を張《は》る。

「それでね。みんなにウエディングブーケを作《つく》ってあげたいの。幸《しあわ》せになれるブーケ。」

「わあ、それいいね！」

「蘭《らん》の花嫁姿《はなよめすがた》、キレイだろうなあ。想像《そうぞう》するとうっとりしちゃう。」

「自分《じぶん》こそ、睦月《むつき》くんと結婚《けっこん》したりして。そうなったら、『うさぎや』と渡部生花店《わたべせいかてん》でコラボして、お菓子《かし》とお花《はな》のセットで売《う》り出《だ》したらいいんじゃない？」

「わあ、それいい！」

「きゃ～！　やっぱり結婚《けっこん》する気《き》あるんだ！」

「やだ！」

「おい。すげえ盛《も》り上《あ》がってるじゃん。なんの話《はなし》をしてんだよ？」

睦月《むつき》くんにいきなり声《こえ》をかけられた。

「わ！　びっくりした！」

「しょ、将来《しょうらい》の夢《ゆめ》の話《はなし》よ。」

陽菜《ひな》ちゃんが言《い》う。

「夢《ゆめ》ねえ。蘭《らん》はピアニストだろ？　で、陽菜《ひな》は花屋《はなや》を継《つ》ぐんだよな。」

「うん。」

陽菜《ひな》ちゃんが聞《き》いた。

「睦月《むつき》くんは、将来《しょうらい》、なにになりたいの？」

「そうだなあ。熊《くま》かなあ。」

「え？」

「熊《くま》になったら、冬《ふゆ》はずっと寝《ね》ててもいいんだろ？」

「もう！」

「陽菜《ひな》ちゃん、睦月《むつき》くんの言葉《ことば》は、まともに聞《き》いちゃダメ。」

わたしと陽菜《ひな》ちゃんで笑《わら》っちゃう。

「そういや、夢《ゆめ》って漢字《かんじ》は、どうして、草《くさ》かんむりがついてるんだろうな？」

睦月《むつき》くんが言《い》う。

「あ、言《い》われてみれば本当《ほんとう》だ。」

「わたしは、夢《ゆめ》の花《はな》を咲《さ》かせるためだって思《おも》う。」

陽菜《ひな》ちゃんが言《い》った。

「へえ。陽菜《ひな》、うまいこと言《い》うな。」

「だから、わたしは、みんなの夢《ゆめ》の花《はな》を咲《さ》かせるお手伝《てつだ》いをしたいの。そういう花屋《はなや》さんになりたい。」

陽菜《ひな》ちゃんが微笑《ほほえ》む。

その顔《かお》は、とっても凛々《りり》しかったよ。

梅雨《つゆ》が明《あ》けたら、もう夏《なつ》。

夏《なつ》の鮮《あざ》やかな花《はな》が咲《さ》く季節《きせつ》。

わたしたちも、いつか、自分《じぶん》だけの夢《ゆめ》の花《はな》を咲《さ》かせよう。

おまじないで運《うん》を引《ひ》き寄《よ》せながらね。

うさぎの耳《みみ》のおまじない

白《しろ》い紙《かみ》に黒《くろ》いペンでうさぎの顔《かお》を2つ描《か》いて
となりあう耳《みみ》を赤《あか》ペンで結《むす》びます
それを教室《きょうしつ》の机《つくえ》の中《なか》に入《い》れて
席替《せきが》えの日《ひ》まで、人《ひと》にバレなければOK《オーケー》
好《す》きな人《ひと》ととなりの席《せき》になれるよ

（読者投稿《どくしゃとうこう》より）

第《だい》4章《しょう》

水《み》月《づき》のおまじない

Mizuki

「では、これから、『うさぎや』の新商品開発会議《しんしょうひんかいはつかいぎ》を開《ひら》きます！」

水月《みづき》ちゃんが元気《げんき》よく言《い》った。

七月《がつ》になって、小学校《しょうがっこう》最後《さいご》の夏休《なつやす》みが始《はじ》まってすぐ、わが家《や》で恒例《こうれい》の会議《かいぎ》が開《ひら》かれた。

メンバーは、水月《みづき》ちゃんと睦月《むつき》くんの宇佐美《うさみ》姉弟《きょうだい》。

そして、お姉《ねえ》ちゃんとわたしの小川《おがわ》姉妹《しまい》の四人《にん》。

ミーンミンミン。窓《まど》の外《そと》では、セミの声《こえ》が降《ふ》り続《つづ》いている。

「昨年《さくねん》は、この会議《かいぎ》で考《かんが》えた『おまじないクッキー』がヒット！　今《いま》では、『うさぎや』の定番商品《ていばんしょうひん》になっています。みなさん、ありがとうございます！」

水月《みづき》ちゃんが言《い》った。

みんなで拍手《はくしゅ》！

「そこで、今年《ことし》も新商品《しんしょうひん》を考《かんが》えてほしいと、『うさぎや』店主《てんしゅ》、ってうちのパパだけど、からの依頼《いらい》が来《き》ています。今回《こんかい》のテーマは、この秋冬《あきふゆ》の目玉商品《めだましょうひん》ということでお願《ねが》いします！」

「はい！　やっぱり、みんなに幸《しあわ》せを届《とど》ける商品《しょうひん》がいいと思《おも》います。」

わたしが手《て》をあげて言《い》うと、水月《みづき》ちゃんがうなずく。

「うん。わたしもおまじないシリーズ第《だい》二弾《だん》でいきたいなと。」

「では、バウムクーヘンはどうですか？　縁起《えんぎ》がいいお菓子《かし》だそうです。」

わたしの言葉《ことば》にお姉《ねえ》ちゃんが続《つづ》ける。

「ドイツ語《ご》でバウムは木《き》。クーヘンはケーキって意味《いみ》です。切《き》ったときの断面《だんめん》が木《き》の年輪《ねんりん》みたいになってるから、この名前《なまえ》がつけられたんですね。年輪《ねんりん》は、長寿《ちょうじゅ》とか繁栄《はんえい》を意味《いみ》するそうです。」

「だから、結婚式《けっこんしき》の引《ひ》き出物《でもの》にも使《つか》われるんだ。そこを売《う》りにしてもいいかもな。」

睦月《むつき》くんが言《い》うと、

「お！　結婚式《けっこんしき》の引《ひ》き出物《でもの》か。いいねえ。一度《いちど》に大量《たいりょう》に注文《ちゅうもん》が来《く》るね〜。」

水月《みづき》ちゃんがいつもの口調《くちょう》にもどって、舌《した》なめずりしてる。

「引《ひ》き出物《でもの》なら、『めでたい』で鯛《たい》はどう？　洋風《ようふう》にアレンジするの。鯛《たい》の形《かたち》のマドレーヌとか！」

「お姉《ねえ》ちゃん、それ、おもしろいね！」

「でしょ？　じゃあ、紅白《こうはく》のケーキは？　紅白饅頭《こうはくまんじゅう》ってあるでしょ？」

「ああ、赤《あか》いケーキと白《しろ》いケーキをセット売《う》りにするとかね。ふむふむ。」

水月《みづき》ちゃんがメモを取《と》る。

「フクロウも縁起《えんぎ》がいいそうです。フクロウのフクは福《ふく》の神《かみ》のフク！」

わたしが続《つづ》ける。

「あと、『不苦労《ふくろう》』で苦労《くろう》しないそうです！」

「縁起物《えんぎもの》って、みんな親父《おやじ》ギャグなんだよな～。」

睦月《むつき》くんがニヤリと笑《わら》って言《い》う。

「なあ、富士山形《ふじさんがた》のケーキはどうだ？　オレ、日本一《にっぽんいち》ってすげえ好《す》きだ。」

「富士山型《ふじさんがた》で焼《や》いたシフォンケーキに、雪《ゆき》に見立《みた》てたアイシングをかければいいね。」

水月《みづき》ちゃんもうなずく。

「山《やま》の形《かたち》は、末広《すえひろ》がりっていうところも縁起《えんぎ》がいいですね。」

わたしが言《い》うと水月《みづき》ちゃんが言《い》った。

「みんな、よく調《しら》べてるね！」

「そうだよ。わたしたち、去年《きょねん》からおまじないに凝《こ》ってるんだもん。」

お姉《ねえ》ちゃんがいばるように言《い》う。

「でもさ〜。似《に》たような商品《しょうひん》だと、おまじないクッキーが売《う》れなくなるんじゃねえの？」

睦月《むつき》くんが言《い》った。

「あ〜、そうか。睦月《むつき》くん、するどい。」

さすが理論派《りろんは》。

「だからさ、睦月《むつき》、そこをアイディアで、なんとかするんだよ！」

水月《みづき》ちゃんがビシッと言《い》う。

「人気《にんき》シリーズは、かならず続編《ぞくへん》が作《つく》られるじゃん！　テレビでも本《ほん》でもさ！」

「続編《ぞくへん》か。まあな。」

「はい！　じゃあ、おまじないクッキーとセットで売《う》れるような商品《しょうひん》はどうでしょうか？」

わたしが提案《ていあん》する。

「セット？」

「たとえば、クッキーにトッピングできる、紅白《こうはく》のジャムセットとか。」

「なるほど〜！　お菓子《かし》じゃないけど、そういう路線《ろせん》もありか。」

「ジャムね。わたしはピーナッツバターが好《す》き〜！」

お姉《ねえ》ちゃんが嬉《うれ》しそうに言《い》って、話《はなし》が脱線《だっせん》していく。

ああでもないこうでもないと、会議《かいぎ》は白熱《はくねつ》。

なんだかワクワクしちゃうな。

だって、自分《じぶん》たちの考《かんが》えたお菓子《かし》が店頭《てんとう》に並《なら》ぶんだよ。

楽《たの》しみでたまらない。

「じゃ、ここいらで、ちょっと休憩《きゅうけい》にしましょう。そのあと採決《さいけつ》！」

水月《みづき》ちゃんが、いかにも会社《かいしゃ》の会議《かいぎ》っぽく言《い》った。

「そして、ジャ〜ン！　うちのパパから差《さ》し入《い》れがありまーす。英国王室御用達《えいこくおうしつごようたし》の紅茶《こうちゃ》とジャムだって。グルメな小川姉妹《おがわしまい》に！　おまじないクッキーもあるよ！」

「やったあ！」

「じゃ、お茶《ちゃ》の用意《ようい》をするね！　アイスティーにする？」

「いや、冷《つめ》たいものの取《と》りすぎは体《からだ》にも美容《びよう》にもよくないの。夏《なつ》でもホットよ！」

水月《みづき》ちゃんの言葉《ことば》に、わたしは、さっと立《た》ち上《あ》がって、お茶《ちゃ》の用意《ようい》をする。

「そうだ。わたし、新《あたら》しいスプーンのおまじないを聞《き》いたんだ！」

水月《みづき》ちゃんが言《い》う。

「へえ、どんなの？」

「紅茶《こうちゃ》にスプーンでジャムをすくって入《い》れて、仲《なか》よくなりたい人《ひと》の名前《なまえ》を心《こころ》の中《なか》でとなえながら、ゆっくりかき混《ま》ぜて飲《の》む。そうすると、その人《ひと》と仲《なか》よくなれるんだって！」

「へえ？　やってみよう！」

お姉《ねえ》ちゃんが言《い》った。

「なによ、凜《りん》。好《す》きな人《ひと》でもできた？」

「で、できないよ。そういうんじゃないよ。友達《ともだち》になりたい子《こ》だよ。」

「あ〜、テレてる、あやしい〜！」

「あ、あのさ。スプーンって縁起《えんぎ》がいいよね？　海外《かいがい》では、赤《あか》ちゃんが生《う》まれたときに銀《ぎん》のスプーンを贈《おく》るじゃない？」

お姉《ねえ》ちゃんが話題《わだい》を変《か》えた。

「それって、一生《いっしょう》、食《た》べるのに困《こま》らないようにという願《ねが》いがこめられているんだって。」

「凛《りん》！　それいいじゃない！」

水月《みづき》ちゃんが言《い》った。

「スプーンを贈《おく》るってよくない？　スプーン形《がた》のお菓子《かし》！」

「それより、水月《みづき》ちゃん。スプーンのくぼみに直接《ちょくせつ》、チョコを流《なが》して固《かた》めちゃうのはどうかな？」

わたしが提案《ていあん》する。

「なるほど、一口《ひとくち》チョコだね。食《た》べるときに手《て》も汚《よご》れないし、見《み》た目《め》もかわいいね。」

「チョコをそのまま食《た》べてもいいし、ホットミルクに入《い》れて溶《と》かせば、チョコレートドリンクにもなっちゃう。」

「お、それいいじゃん！」

睦月《むつき》くんも賛成《さんせい》する。

「かきまわすときに好《す》きな人《ひと》の名前《なまえ》をとなえる！　おまじないもできるね！」

お姉《ねえ》ちゃんもノリノリだ。

「チョコにナッツやベリーを足《た》してもかわいいよね。」

「ドライフルーツを入《い》れてもいい！」

「味《あじ》を変《か》えて、五本《ほん》セットとか。プラスティックのスプーンなら、原価《げんか》も安《やす》いよね。」

「ねえ。これ、バレンタインでも人気《にんき》出《で》そう。」

「めっちゃいい！」

みんなが口々《くちぐち》に叫《さけ》ぶ。

「よし、スプーンチョコに決定《けってい》！　これから、『うさぎや』に行《い》って、パパに提案《ていあん》だ！」

水月《みづき》ちゃんが元気《げんき》よく言《い》った。


「パパ、ただいま〜。」

四人《にん》で、『うさぎや』に行《い》くと、店内《てんない》ではちょうど、ひとりの男《おとこ》の子《こ》が、おまじないクッキーを手《て》に取《と》ってながめているところだった。

中学《ちゅうがく》三年生《ねんせい》くらいかな。

冷《つめ》たいくらい整《ととの》った顔立《かおだ》ちで、いかにも上品《じょうひん》な雰囲気《ふんいき》が漂《ただよ》ってる。

育《そだ》ちがよさそうで、ただ者《もの》ではない感《かん》じ。

「わ！　やばいくらいの美少年《びしょうねん》！」

水月《みづき》ちゃんが小声《こごえ》で叫《さけ》ぶ。

「水月《みづき》って面食《めんく》いなのな。自分《じぶん》がブサイクだから、美《うつく》しいものを求《もと》めるんだな。」

睦月《むつき》くんがぼそっと言《い》う。

「あの。いらっしゃいませ。いかがですか？　おまじないクッキーは、当店《とうてん》の人気商品《にんきしょうひん》なんですよ。」

水月《みづき》ちゃんが、さっそくその男《おとこ》の子《こ》に話《はな》しかけた。

「え？」

「あ、わたし、この家《いえ》の娘《むすめ》なんです！　そのおまじないクッキーもわたしたちで考《かんが》えたんですよ。」

すご～い。水月《みづき》ちゃんの自己《じこ》アピール力《りょく》はさすが！

「おまじない？」

「はい！　楽《たの》しいですよね。」

「くだらない。」

その男《おとこ》の子《こ》が吐《は》き捨《す》てるように言《い》った。

「は？」

意外《いがい》な反応《はんのう》にドキッとして、わたしとお姉《ねえ》ちゃんは顔《かお》を見合《みあ》わせる。

「このクッキーを食《た》べたからって願《ねが》いなんかかなうわけないだろ？　いい加減《かげん》なこと言《い》うなよ。」

冷《ひ》ややかな視線《しせん》。夏《なつ》なのに、どこからかブリザードが吹《ふ》いてきそう。

水月《みづき》ちゃんも、その言葉《ことば》にフリーズしちゃってる。

「幸《しあわ》せを願《ねが》うなんて言《い》って、どうせ商売《しょうばい》じゃないか。」

その男《おとこ》の子《こ》が憎々《にくにく》しげに言《い》う。

「ウソつき。いや、サギだよな。サギ！」

え。そんな、ひどい。言《い》いすぎだよ。と思《おも》っていると、

「ちょっと！　なんてこと言《い》うのよ！」

水月《みづき》ちゃんが、カッとなって言《い》った。

「そうよ。商売《しょうばい》よ！　うちは、これで家族《かぞく》四人《にん》が暮《く》らしてるんだからね！」

あ、水月《みづき》ちゃんがキレてる。

「でもね、まず言《い》っとくけど、うちのクッキーはパパが毎朝《まいあさ》ものすごく早《はや》く起《お》きて、吟味《ぎんみ》した材料《ざいりょう》で、ていねいに手作《てづく》りしてるんだからね。値段《ねだん》だって、ギリギリまで抑《おさ》えてるんだから！　ものすごく良心的《りょうしんてき》なの！」

気迫《きはく》に圧倒《あっとう》されて、その男《おとこ》の子《こ》が、うっと黙《だま》った。

「サギ発言《はつげん》は許《ゆる》せない！」

「水月《みづき》、なにを騒《さわ》いでるんだ!?」

ガラス張《ば》りの調理室《ちょうりしつ》から、水月《みづき》ちゃんのパパがあわてて出《で》てきた。

「すみません。娘《むすめ》が失礼《しつれい》なことを言《い》って。」

「パパは黙《だま》ってて！　あのね、おまじないっていうのはね。祈《いの》りなの！」

「水月《みづき》、やめなさい！」

パパが止《と》めても、水月《みづき》ちゃんは止《と》まらない。

「あなただって、なにかがうまくいきますようにって祈《いの》ったことあるでしょ？　あるよ

ね？　ない人《ひと》なんか、この世《よ》にいないよね！　みんな不安《ふあん》なんだから！」

「おい、水月《みづき》！　もういい。」

睦月《むつき》くんも止《と》める。

「水月《みづき》ってば！」

お姉《ねえ》ちゃんも腕《うで》をつかむ。

「いいから！　睦月《むつき》も凜《りん》も黙《だま》っててよ！」

ものすごい剣幕《けんまく》だ。

「わかってるよ。おまじないをとなえたら誰《だれ》でも幸《しあわ》せになれるなんてことはないって！　すべての願《ねが》いがかなうわけじゃないよ。でもね、おまじないっていうのはね、自分《じぶん》や周《まわ》りの人《ひと》が幸福《こうふく》になるための祈《いの》りなんだよ。それがいけないっていうわけ？」

「ぼくは、合理的《ごうりてき》な人間《にんげん》だから、そういう、ふわふわしたお花畑《はなばたけ》みたいな考《かんが》えがいちばん嫌《きら》いなんだ。」

その男《おとこ》の子《こ》が応戦《おうせん》する。

「まじないをしたって、かなったためしがない。」

「へえ。ってことは、おまじないをやったことあるんだ？　語《かた》るに落《お》ちたね。」

水月《みづき》ちゃんがニヤリとした。

「おまじないはね。初《はじ》めっから疑《うたが》ってかかる人《ひと》には効《き》かないからね。あなたも、屁理屈《へりくつ》言《い》ってないで、おまじないに励《はげ》まされたり、勇気《ゆうき》や元気《げんき》をもらったりすればいいじゃん！　素直《すなお》じゃな……う！」

ついに、水月《みづき》ちゃんの口《くち》をパパが後《うし》ろから右手《みぎて》でふさいだ。

「ふがふが。はなへ（離《はな》せ）〜〜。」

「すみません。本当《ほんとう》に、すみません。あの、おわびにこれを。」

パパが謝《あやま》りながら、リーフパイの詰《つ》め合《あ》わせを左手《ひだりて》で差《さ》し出《だ》すと、男《おとこ》の子《こ》は、

「こんな店《みせ》、二度《にど》と来《く》るか！」

リーフパイの箱《はこ》を床《ゆか》に投《な》げ捨《す》て、店《みせ》を飛《と》び出《だ》していった。

リーフパイが割《わ》れてる。

「ひどい。食《た》べ物《もの》を粗末《そまつ》にするなんて。」

わたしがつぶやくと、

「あいつ！　むかつく。塩《しお》まくぞ、塩《しお》！」

睦月《むつき》くんが、塩《しお》が入《はい》った壺《つぼ》を持《も》ってきて、まき始《はじ》めた。

パパが、言《い》った。

「お客様《きゃくさま》に、あの口《くち》のきき方《かた》はダメだぞ。これだと、もう水月《みづき》に店番《みせばん》は頼《たの》めない。」

「え？　そんな！　パパ、ごめん。」

水月《みづき》ちゃんがシュンとして、店内《てんない》がシーンとする。

水月《みづき》ちゃんは、このお店《みせ》とお菓子《かし》とそれを作《つく》っているパパに誇《ほこ》りを持《も》っているから、愛《あい》してるから、許《ゆる》せなかったんだよね。

その気持《きも》ちがわかるから、みんなが無言《むごん》になる。

「お、これなんだ？」

ふいに、睦月《むつき》くんが言《い》った。

レジ横《よこ》に白《しろ》い封筒《ふうとう》が置《お》いてある。

「宇佐美水月様《うさみみづきさま》って書《か》いてあるぞ。有栖川絹子《ありすがわきぬこ》よりって、これホテルチェーンのラパングループの会長《かいちょう》じゃん！」

「あ、去年《きょねん》、水月《みづき》ちゃんがひったくりをつかまえたときの、あのおばあちゃん？」

「え？　見《み》せて！」

水月《みづき》ちゃんが封筒《ふうとう》を奪《うば》い取《と》って、開《ひら》く。

「おおっ！　招待状《しょうたいじょう》だよ！」

「招待状《しょうたいじょう》？」

お姉《ねえ》ちゃんが招待状《しょうたいじょう》をのぞきこむ。

「わたし、おばあちゃんの七月《がつ》の誕生日《たんじょうび》に、おまじないクッキーを送《おく》ったのよ。お得意様《とくいさま》だもの。」

「水月《みづき》、抜《ぬ》かりねえな。」

睦月《むつき》くんがニヤリとする。

「お礼《れい》に、わたしと睦月《むつき》、小川姉妹《おがわしまい》をホテルのランチに招待《しょうたい》してくれるって！」

「え。すご〜い!!」

「ちゃんと車《くるま》で送迎《そうげい》もしてくれるって。」

「やったあ！」

四人《にん》で小躍《こおど》りしていると、

「水月《みづき》！　まだ、こっちの話《はなし》は終《お》わっていないぞ！　反省《はんせい》しなさい！」

水月《みづき》ちゃんのパパがどなった。


「今日《きょう》は、お招《まね》きありがとうございます！」

それから、数日後《すうじつご》。

「いらっしゃい。よく来《き》たわね。」

おばあちゃんが直々《じきじき》に、出迎《でむか》えてくれる。

高級《こうきゅう》ホテルでランチなんてドキドキしちゃう。

ホテルのメインダイニングは豪華《ごうか》な内装《ないそう》のフレンチレストラン。

おいしそうな香《かお》りがして、まるでわたしたちを手招《てまね》きしているみたい。

蝶《ちょう》ネクタイをした黒《くろ》い服《ふく》の給仕《きゅうじ》さんに個室《こしつ》に案内《あんない》された。

大人《おとな》の世界《せかい》っていう感《かん》じでドキドキしちゃう。

まずはソーダ水《すい》で乾杯《かんぱい》。カチリとグラスの触《ふ》れあう音《おと》がする。

「前菜《ぜんさい》は夏野菜《なつやさい》とカニのジュレでございます。」

うやうやしく、給仕《きゅうじ》さんが、お皿《さら》を持《も》ってきてくれる。

盛《も》りつけも凝《こ》っていて、すごくキレイなの。

「いただきます！」

みんなでお料理《りょうり》を口《くち》に運《はこ》ぶ。

「うわ〜、おいしい！　この世《よ》のものとは思《おも》えない！」

「あら、凛《りん》ちゃん、パンにはそのままかぶりついちゃダメよ。口《くち》の大《おお》きさにちぎってね。」

おばあちゃんが優《やさ》しくマナーを教《おし》えてくれる。

「あ、はい！　勉強《べんきょう》になります！」

お姉《ねえ》ちゃんが急《きゅう》にかしこまった。

でも、睦月《むつき》くんはものおじしないし、落《お》ち着《つ》き払《はら》ってて、さすがだな。

おばあちゃんには、いつもと違《ちが》ってていねいな言葉《ことば》で話《はな》してるし、テーブルマナーもちゃんとしてる。感心《かんしん》しちゃった。

豪華《ごうか》な食事《しょくじ》のあと、食後《しょくご》のお茶《ちゃ》とデザートのワゴンがやってきた。

ワゴンには、ケーキがいっぱい並《なら》んでる。

ミルフィーユにキャラメルプディング、チョコレートケーキにメロンのショートケーキ。フルーツがいっぱいのったタルト。

本当《ほんとう》においしいものって、人《ひと》を幸《しあわ》せにするね。

「わあ、迷《まよ》う！」

「好《す》きなだけ食《た》べてね。少《すこ》しずつ全種類《ぜんしゅるい》でもいいのよ。もちろん、『うさぎや』さんの味《あじ》にはかなわないでしょうけれど。」

「そんな！　まさか！　うちでは、こんな高級《こうきゅう》フルーツは使《つか》えません！」

水月《みづき》ちゃんがあわてて言《い》った。

「じつはね。今日《きょう》、孫《まご》も誘《さそ》ったのよ。」

おばあちゃんが言《い》った。

「息子《むすこ》の長男《ちょうなん》で、中学生《ちゅうがくせい》の男《おとこ》の子《こ》がいるんだけど、反抗期《はんこうき》なのか、最近《さいきん》、ずっと不機嫌《ふきげん》で。」

おばあちゃんが、ふっと寂《さび》しそうな表情《ひょうじょう》になった。

「長男《ちょうなん》っていうことは、いずれはこのホテルの跡取《あとと》りになるんですか？」

「そうしたいけど、本人《ほんにん》にその気《き》があるかどうか。今日《きょう》もランチに誘《さそ》ったんだけど、返事《へんじ》がないの。」

「そういうときは、スプーンのおまじないをするといいですよ！」

水月《みづき》ちゃんが言《い》う。

「スプーン？」

「はい、紅茶《こうちゃ》にスプーンでジャムをすくって入《い》れて、仲《なか》よくなりたい人《ひと》の名前《なまえ》を心《こころ》の中《なか》でとなえながら、ゆっくりかき混《ま》ぜてから飲《の》むと、その人《ひと》と仲《なか》よくなれるそうです。わたし、『うさぎや』のジャムを持《も》ってきたんです。」

「あら、すてきね。ちょうどいいから今《いま》、やってみるわ。」

おばあちゃんがカップにジャムを入《い》れる。ゆっくりとスプーンをまわしている。

ちょうど、そのおまじないが終《お》わると同時《どうじ》に、ドアがカチャリと開《あ》いて、ひとりの男《おとこ》の子《こ》が入《はい》ってきた。

「あ〜！」

「あいつだ！」

わたしたち四人《にん》は絶叫《ぜっきょう》した。

『うさぎや』でおまじないを否定《ひてい》した、あの男《おとこ》の子《こ》だった。

「え？　知《し》り合《あ》いだったの？」

おばあちゃんが驚《おどろ》いている。

「孫《まご》の有栖川麻人《ありすがわあさと》です。わたしが絹子《きぬこ》でしょ？　孫《まご》は麻人《あさと》。絹《きぬ》と麻《あさ》なのよ。わたしが名《な》づけたの。」

男《おとこ》の子《こ》が神妙《しんみょう》な顔《かお》で、全員《ぜんいん》に頭《あたま》を下《さ》げた。

「麻人《あさと》。嬉《うれ》しいわ。来《き》てくれたのね。」

おばあちゃんが泣《な》きそうな顔《かお》になる。

「おばあちゃんの孫《まご》だったのか……。」

水月《みづき》ちゃんが呆然《ぼうぜん》としている。

「この前《まえ》は、祖母《そぼ》があまりにほめるんで『うさぎや』に行《い》ってみたんだ。」

「あら、麻人《あさと》。そうだったのね。まあ。じゃあ、すでにお友達《ともだち》になったのかしら？」

おばあちゃんが嬉《うれ》しそうに言《い》う。

「ああ〜、やっちゃった。おばあちゃんのお孫《まご》さんに……。」

水月《みづき》ちゃんが頭《あたま》を抱《かか》えた。

「あの、この前《まえ》は、ごめんなさい！」

「……こっちこそ言《い》いすぎた。サギとか、ひどいよな。それに、お菓子《かし》を床《ゆか》に投《な》げつけたのは、最悪《さいあく》だと思《おも》ってる。本当《ほんとう》にごめん。」

へえ。今日《きょう》は、この前《まえ》とは別人《べつじん》みたいに素直《すなお》だ。

「麻人《あさと》、とにかく座《すわ》って。」

おばあちゃんが席《せき》をすすめて言《い》った。

「今《いま》の会話《かいわ》で、なにがあったのか、だいたい想像《そうぞう》はつきました。」

おばあちゃんがきっぱりと言《い》った。

キリッとして、ラパングループの会長《かいちょう》の顔《かお》がのぞいた。

「麻人《あさと》は、おまじないを否定《ひてい》したのね？」

「…………」

「でもね。わたしは、自分《じぶん》や自分《じぶん》の周《まわ》りの人《ひと》が、幸《しあわ》せに暮《く》らすことを願《ねが》う心《こころ》はすてきだと思《おも》うわよ。」

「……はい。」

「とはいえ、麻人《あさと》の気持《きも》ちもわかるわ。さ、みんなに自分《じぶん》から話《はな》しなさい。」

え？　なんの話《はなし》が始《はじ》まるの？

「みんなは、千羽鶴《せんばづる》を折《お》ったことはある？」

麻人《あさと》くんが静《しず》かに聞《き》いた。

「うん、ある。前《まえ》、クラスメイトが入院《にゅういん》したときみんなで折《お》ったけど。」

水月《みづき》ちゃんの言葉《ことば》に、麻人《あさと》くんが言《い》った。

「ぼくも折《お》ったんだ。でも、かなわなかった。だから、それから、おまじないが嫌《きら》いになった。」

「え？」

病気《びょうき》がよくなるように祈《いの》って作《つく》る千羽鶴《せんばづる》。

でも、かなわなかった。かなわなかったって、それって……。

「今《いま》から一年前《ねんまえ》、この子《こ》の母親《ははおや》が病気《びょうき》で亡《な》くなったの。」

おばあちゃんが静《しず》かに言《い》った。

「え。」

びっくりして、しばらく四人《にん》とも声《こえ》が出《で》なかった。

そうだったんだ。そういう理由《りゆう》だったんだ。

おまじないはかなわない……。

「あ、あの、そうだったんだ。事情《じじょう》も知《し》らないで、ごめんね。」

水月《みづき》ちゃんがあわてている。

「でも、でもね！」

水月《みづき》ちゃんが続《つづ》けた。

「願《ねが》いがかなわなくたって、そういう優《やさ》しい心《こころ》を持《も》てる人《ひと》には、すてきな未来《みらい》が来《く》るよ！絶対《ぜったい》！　これほんと！」

水月《みづき》ちゃんの言葉《ことば》に、麻人《あさと》くんがやっと微笑《ほほえ》んだ。

「麻人《あさと》。今《いま》、水月《みづき》ちゃんから、スプーンのおまじないを教《おし》えてもらったの。仲《なか》よくなりたい人《ひと》の名前《なまえ》を心《こころ》でとなえながら、紅茶《こうちゃ》にジャムを入《い》れてかきまわすのよ。」

おばあちゃんが言《い》う。

「わたしもやったのよ。麻人《あさと》の名前《なまえ》をとなえたの。そしたら、あなたがドアから入《はい》ってきたの。効《き》き目抜群《めばつぐん》よ。」

おばあちゃんが微笑《ほほえ》む。

「そうか。じゃあ、みんなの名前《なまえ》を教《おし》えてよ。」

麻人《あさと》くんの言葉《ことば》に、

「え！」

みんなで驚《おどろ》いた。

「いや、ごめん。もう知《し》ってるんだ。水月《みづき》、睦月《むつき》、凜《りん》と蘭《らん》。だって、あの招待状《しょうたいじょう》をレジ横《よこ》に置《お》いたのは、ぼくだから。」

「え。そうだったんだ。」

麻人《あさと》くんが、紅茶《こうちゃ》のカップにスプーンでジャムを入《い》れて、かきまわした。

「これで、友達《ともだち》ができるかな。ぼくの無礼《ぶれい》を許《ゆる》してもらえるかな。」

「麻人《あさと》……。」

おばあちゃんの目《め》から涙《なみだ》があふれる。
わたしもつられてしまい、目《め》の前《まえ》が涙《なみだ》でぼやけていく。
千羽鶴《せんばづる》の祈《いの》りは、それでも、きっとママの胸《むね》に届《とど》いていたと思《おも》うよ。
それが優《やさ》しい気《き》持《も》ちから来《き》ているのであれば、どんなおまじないも無駄《むだ》じゃないよ。
ね？

スプーンのおまじない

紅茶《こうちゃ》にスプーンでジャムをすくって入《い》れて
仲《なか》よくなりたい人《ひと》の名前《なまえ》を心《こころ》の中《なか》でとなえながら
ゆっくりかき混《ま》ぜてから飲《の》むと
その人《ひと》と仲《なか》よくなれるよ

（読者投稿《どくしゃとうこう》より）

第《だい》5章《しょう》

修《しゅう》治《じ》のおまじない

Shuji

「お待《ま》たせ！」

日曜日《にちようび》のピアノ教室《きょうしつ》。

わたしのレッスンが終《お》わるのを、修《しゅう》ちゃんが待《ま》っていてくれた。

今日《きょう》は、修《しゅう》ちゃんのママが夜遅《よるおそ》くまで用事《ようじ》でいないので、うちでいっしょに夕《ゆう》ご飯《はん》を食《た》べる予定《よてい》になっているんだよ。

修《しゅう》ちゃんは、ママがいないから超《ちょう》ごきげん。

修《しゅう》ちゃんのママって、マネージャーさんみたいなんだよ。

もう修《しゅう》ちゃんにかかりっきりで、髪《かみ》とか服《ふく》とか、あれこれ指示《しじ》してるの。

「今日《きょう》は、嬉《うれ》しいなあ！　蘭《らん》、帰《かえ》る途中《とちゅう》で、エンゼル・ベーカリーに寄《よ》ってもいい？」

「え？　いいけど。」

エンゼル・ベーカリーって、昔《むかし》ながらのパン屋《や》さんなんだよ。

「あそこのクリームパンが凜《りん》ちゃんの好物《こうぶつ》なんだよな。お土産《みやげ》に買《か》っていこうと思《おも》って。」

「気《き》を使《つか》わなくていいよ。」

「いや、ほんとは、オレが好《す》きなんだ。自分《じぶん》が食《た》べたいんだよ。」

エンゼル・ベーカリーに入《はい》ると、修《しゅう》ちゃんが、クリームパンをたくさんトレイにのせ始《はじ》めた。

「え、そんなに⁉」

「だって、小川家《おがわけ》が四人《にん》で四個《こ》。あと自分《じぶん》が隠《かく》し持《も》つ用《よう》に四個《こ》。」

「修《しゅう》ちゃん、食《た》べすぎ！」

わたし、笑《わら》っちゃった。

「ふだん、食《た》べられないんだよ。今日《きょう》は、母《かあ》さんがいないんだから羽《はね》を伸《の》ばさなきゃ。」

「そっかあ。ママ、食《た》べ物《もの》にもうるさいんだ。」

「うん。栄養《えいよう》とか、ものすごく口《くち》うるさい。いつも、有機野菜《ゆうきやさい》と玄米《げんまい》とかさ。甘《あま》い菓子《かし》パンとかインスタントラーメンとか、食《た》べさせてくれないからあこがれなんだよね。」

「ママ、厳《きび》しいんだね。元《もと》モデルさんだもんね。」

修《しゅう》ちゃんとは、幼稚園《ようちえん》のときからの友達《ともだち》。

ずっといっしょにピアノを習《なら》っているの。

でも、修《しゅう》ちゃんは、ひとりでどんどん上達《じょうたつ》しちゃって、今《いま》は、わたしよりはるか先《さき》を歩《ある》いてる。

去年《きょねん》、ジュニアのピアノコンクールで優勝《ゆうしょう》してからは、テレビでも特集《とくしゅう》されたりして、ちょっとした有名人《ゆうめいじん》なんだ。

顔《かお》もかわいいから、アイドル的《てき》な人気《にんき》もあるの。

ママが構《かま》いたくなっちゃうのもわかるな。

でも、修《しゅう》ちゃんが息苦《いきぐる》しくなってるのもわかる。

指《ゆび》にケガしないように、スポーツもお料理《りょうり》も禁止《きんし》なんだって。

「もうすぐ、また別《べつ》のコンクールだね。」

「うん、来週《らいしゅう》。蘭《らん》、応援《おうえん》に来《き》てくれる？」

「もちろん、行《い》く！　自信《じしん》は？」

「まあ、練習《れんしゅう》はものすごくやってるから、それなりに。でも、ほかの子《こ》も、みんなうまくなってるからなあ。あとは神頼《かみだの》みしかないよな。あ、八雲神社《やくもじんじゃ》にも寄《よ》っていこう。」

「へえ、修《しゅう》ちゃんが神社《じんじゃ》？」

「うん。好《す》きなんだよ。神社仏閣《じんじゃぶっかく》に行《い》くとなんか神聖《しんせい》な気持《きも》ちになる。気持《きも》ちも引《ひ》き締《し》まるし、身《み》も清《きよ》められるような気《き》がする。」

「わたしも神社《じんじゃ》って好《す》き。」

神社《じんじゃ》にお参《まい》りしてから、境内《けいだい》を歩《ある》いていると、修《しゅう》ちゃんが足《あし》を止《と》めた。

「蘭《らん》、これ、大《おお》きな木《き》だね。そうとう古《ふる》いね。」

「七五三縄《しめなわ》がまいてあるから、ここの神社《じんじゃ》のご神木《しんぼく》ね。神様《かみさま》が宿《やど》るといわれてるの。」

「樹齢《じゅれい》千年《ねん》とかいう木《き》もあるんだもんな。人間《にんげん》より、ずっと長生《ながい》きってすごいな。この木《き》は触《さわ》ってもいいの？」

「ダメなところもあるけど、ここの神社《じんじゃ》は平気《へいき》。」

「じゃあ、蘭《らん》のためにおまじない。」

修《しゅう》ちゃんが、木《き》に手《て》を触《ふ》れて目《め》を閉《と》じていった。

「ジュ・トゥシュ・デュ・ボワ。」

「え？　今《いま》、なんて言《い》ったの？」

「魔法《まほう》の呪文《じゅもん》。」

「へえ？」

「これはフランス語《ご》で『木《き》に触《さわ》る。』っていう意味《いみ》なんだ。フランス人《じん》は、これをとなえながら、木《き》や木《き》でできたものを触《さわ》るんだよ。そうすると魔除《まよ》けになるんだって。」

「修《しゅう》ちゃん、フランス語《ご》ができるの？」

「うん、今《いま》、習《なら》ってるんだよ。英語《えいご》とフランス語《ご》。」

「え！　いつの間《ま》に！」

「母《かあ》さんが先生《せんせい》を探《さが》してきたんだけどね。ほら、将来《しょうらい》、留学《りゅうがく》も視野《しや》に入《い》れてるし。まあ、海外《かいがい》の音楽学校《おんがくがっこう》で学《まな》ぶんだったら語学《ごがく》も大事《だいじ》だし。」

「え！　留学《りゅうがく》するの？」

「いつか。蘭《らん》も、いっしょにフランスに留学《りゅうがく》しようよ。」

「わあ、いいなあ。」

でも、そんなこと、絶対《ぜったい》に無理《むり》。

パパもママも反対《はんたい》するよね。

それに、留学《りゅうがく》なんて、お金《かね》がかかるよね。

修《しゅう》ちゃんの家《いえ》は、うちと違《ちが》ってお金持《かねも》ちだもん。

防音室《ぼうおんしつ》と高級《こうきゅう》グランドピアノがあって、いつだって好《す》きなときにピアノの練習《れんしゅう》ができる。

うちは、リビングのすみのアップライトピアノ。

お姉《ねえ》ちゃんがテレビを見《み》て笑《わら》ってる横《よこ》で、練習《れんしゅう》はやりにくい。

修《しゅう》ちゃんには持《も》って生《う》まれた才能《さいのう》に加《くわ》えて、恵《めぐ》まれた環境《かんきょう》がある。

そういう人《ひと》しか、きっとプロのピアニストにはなれないんじゃないかな。

もちろん、修《しゅう》ちゃんが友達《ともだち》なのは自慢《じまん》だよ。

でも、たまに、うらやましくて嫉妬《しっと》してしまう。

そして、修《しゅう》ちゃんが好《す》きなのに、友達《ともだち》なのに、応援《おうえん》しなくちゃいけないのに、そんなことを考《かんが》えてしまう自分《じぶん》がいやになるんだ。


「ただいまあ。」

「おじゃまします！」

「おかえりなさい。修《しゅう》ちゃん、いらっしゃい。」

ママがソファーに寝転《ねころ》んだまま言《い》った。

「ママ、どうしたの？」

「ぎっくり腰《ごし》。」

「え〜！」

「ごめん。動《うご》けない。夕食《ゆうしょく》、出前《でまえ》にしようか。」

「ああ、動《うご》かないで！　いいから！　安静《あんせい》にしてて！　今日《きょう》の夕《ゆう》ご飯《はん》は、わたしが作《つく》る。」

「ほんと、たすかるわ〜。」

ママが言《い》った。

「残念《ざんねん》！　蘭《らん》ママのカレーが食《た》べたかったのに！」

「修《しゅう》ちゃんリクエストのカレーの材料《ざいりょう》は買《か》ってあるのよ。」

「わあ、ありがとうございます。なら、蘭《らん》、手伝《てつだ》うよ。」

「修《しゅう》ちゃんはダメよ！」

ママが叫《さけ》んだ。

「来週《らいしゅう》、コンクールなのに、大事《だいじ》な手《て》を傷《きず》つけたらどうするの？」

「でも、料理《りょうり》してみたいな。」

「ダメです！　包丁《ほうちょう》なんて、絶対《ぜったい》にダメ！　修《しゅう》ちゃんママに怒《おこ》られちゃう。」

「つまんないなあ。じゃあ、蘭《らん》の横《よこ》で見《み》ててもいい？」

「いいけど、絶対《ぜったい》に手《て》を出《だ》さないでよ！」


「へえ、蘭《らん》、手際《てぎわ》がいいじゃん。」

「でしょう？　わたし、ママのお手伝《てつだ》いをするのが好《す》きなんだ。」

ご飯《はん》を炊《た》いて、カレーとサラダを用意《ようい》する。

料理《りょうり》って好《す》き。無心《むしん》に野菜《やさい》を刻《きざ》んだりしていると、悩《なや》みが頭《あたま》から飛《と》んでいくような気《き》がする。

それに、自分《じぶん》の手《て》を使《つか》って努力《どりょく》すれば、人生《じんせい》をかならず切《き》り開《ひら》いていける。

料理《りょうり》には、そんな達成感《たっせいかん》がある。

「は～い。できました！」

パパとおねえちゃんも帰《かえ》ってきて、みんなで、わいわい食卓《しょくたく》を囲《かこ》む。

ママだけダウンしたままだけどね。

「このドレッシングも、わたしの手作《てづく》り。」

「わ。すごい。蘭《らん》、やるな。うん、うまい！」

修《しゅう》ちゃんが感激《かんげき》している。

「蘭《らん》のカレー、最高《さいこう》！」

お姉《ねえ》ちゃんもほめてくれるし、

「うん。うまいよ！　店《みせ》で出《だ》せるよ！」

パパも言《い》ってくれる。

修《しゅう》ちゃんなんか、二杯《はい》もおかわりしたんだから。

「ごちそうさまでした！」

「さ、じゃあかたづけは凜《りん》も手伝《てつだ》うんだぞ。」

パパが言《い》う。

「は〜い。」

「凜《りん》ちゃん、オレも手伝《てつだ》うよ。」

「修《しゅう》ちゃんは、いいってば。」

「いや、せめて、あとかたづけだけでも手伝《てつだ》わせて。」

修《しゅう》ちゃんがキッチンに入《はい》ってくる。

「じゃあ、修《しゅう》ちゃんは食器《しょっき》を拭《ふ》いてくれる？」

「うん。ああ、オレ、ここのうちの子《こ》になりたいな。すげえ楽《たの》しい！」

修《しゅう》ちゃんがほんとに嬉《うれ》しそう。

「かたづけがそんなに好《す》きなの？」

お姉《ねえ》ちゃんが不思議《ふしぎ》そうな顔《かお》をした。

「だって、なにひとつやらせてもらえないんだよ。」

そうか。ちょっと同情《どうじょう》しちゃうな。

そのときだった。がしゃん！

修《しゅう》ちゃんが手《て》を滑《すべ》らせて、床《ゆか》にガラスのコップが落《お》ちて割《わ》れた。

「あ！　ごめん。」

修《しゅう》ちゃんが、あわててかけらを拾《ひろ》おうとしてかがんだ。

「ダメ！　危《あぶ》ない！　触《さわ》らないで、そのままでいい！」

わたしが叫《さけ》ぶのと同時《どうじ》だった。

「痛《いた》っ！」

修《しゅう》ちゃんの右手《みぎて》の指先《ゆびさき》から、血《ち》があふれだした。

「修《しゅう》ちゃん！」

わたしの心臓《しんぞう》が凍《こお》りつく。

どうしよう。

大事《だいじ》な大事《だいじ》な手《て》に、ケガをさせてしまった。

「本当《ほんとう》に申《もう》し訳《わけ》ありません！」

玄関先《げんかんさき》でパパが謝《あやま》ってる。

「来週《らいしゅう》、コンクールなんですよ！　なのに、こんなことって。」

修《しゅう》ちゃんママが蒼白《そうはく》な顔《かお》で叫《さけ》んだ。

「自分《じぶん》でやったんだ。おじさんは悪《わる》くない。誰《だれ》のことも責《せ》めないでよ。」

修《しゅう》ちゃんが言《い》う。

「とにかく、急《いそ》いで病院《びょういん》に行《い》きましょう。万《まん》が一《いち》のことがあったら困《こま》るわ。」

「こんなの少《すこ》し切《き》っただけのかすり傷《きず》だよ。大《おお》げさにしないでよ。」

修《しゅう》ちゃんママがわたしたち家族《かぞく》をにらみつけた。

「信頼《しんらい》して修治《しゅうじ》をあずけたのに。食器《しょっき》のあとかたづけをさせるなんて！」

「母《かあ》さん、やめてよ！　自分《じぶん》からやらせてくれって言《い》ったんだよ。いつもピアノだけで、ほかにはなにもさせてくれないじゃないか。家事《かじ》をやってみたかったんだ！」

修《しゅう》ちゃんが叫《さけ》んだ。

「家事《かじ》だけじゃない。近所《きんじょ》や学校《がっこう》の友達《ともだち》とサッカーもドッジボールもスケボーもなにもやらせてくれないじゃないか。これじゃ、友達《ともだち》だってできない。」

悲痛《ひつう》な叫《さけ》びだった。

「だから、ピアノ教室《きょうしつ》の友達《ともだち》は貴重《きちょう》なんだ。とくに蘭《らん》はなんでも話《はな》せる大事《だいじ》な友達《ともだち》なんだよ。蘭《らん》のことも、小川家《おがわけ》の人《ひと》のことも、悪《わる》く言《い》わないでくれよ！」

言《い》いながら、修《しゅう》ちゃんの瞳《ひとみ》が涙《なみだ》で潤《うる》んでる。

それを見《み》て、わたしの胸《むね》が痛《いた》む。

「それより、修《しゅう》ちゃん、お願《ねが》い。早《はや》く病院《びょういん》に行《い》って。お願《ねが》い！」

「蘭《らん》。すぐに連絡《れんらく》するから。心配《しんぱい》するなよ。」

「うん。」

そして、修《しゅう》ちゃんは、ママに引《ひ》きずられるようにして帰《かえ》っていった。

なんだか、あんなにうらやましかった修《しゅう》ちゃんが、急《きゅう》にかわいそうに思《おも》えてきた。

過保護《かほご》なママは自由《じゆう》をくれない。まるでカゴの鳥《とり》。

みんなで顔《かお》を見合《みあ》わせて、うなだれた。

「心配《しんぱい》だな。修治《しゅうじ》くんのコンクール。」

パパが肩《かた》を落《お》とす。

「指《ゆび》に影響《えいきょう》がないといいんだが。」

「うん。わたしたちに、なにかできることないかな。」

「蘭《らん》がいっしょにいて応援《おうえん》してあげるのが、いちばんだと思《おも》う。」

お姉《ねえ》ちゃんが言《い》う。

「修《しゅう》ちゃんは、蘭《らん》のことが本当《ほんとう》に大好《だいす》きなんだから。」

「……うん。」

「じゃあさ、修《しゅう》ちゃんに、おまじないを教《おし》えてあげようよ。」

「おまじない？」

「うん。ピアノの発表会《はっぴょうかい》のときって、みんなけっこう、おまじないをやってるじゃない？『緊張《きんちょう》をなくすために手《て》のひらに人《ひと》という字《じ》を書《か》いて飲《の》みこむ。』とかさ。コンクールもそうだと思《おも》うんだ。」

「ああ、そうだよね。緊張《きんちょう》するよね。」

「本《ほん》のおまじないっていうのがあるんだよ。」

「本《ほん》？　おもしろそう。」

「まず、自分《じぶん》の大好《だいす》きな本《ほん》を用意《ようい》する。自分《じぶん》の誕生日《たんじょうび》の月《つき》と日《ひ》にちを足《た》したページを開《ひら》く。蘭《らん》なら、二月《がつ》二十三日《にち》だから、二＋二十三で二五ページだね。そのページに願《ねが》いごとを書《か》いた紙《かみ》をはさんで、本棚《ほんだな》にもどす。こうすると願《ねが》いがかなうの。」

「わたし、すぐにやる！　修《しゅう》ちゃんの指《ゆび》のケガが早《はや》く治《なお》って、コンクールで優勝《ゆうしょう》できますようにって！」

そう。わたしはいつだって、周《まわ》りのみんなから励《はげ》まされてきた。

パパやママやお姉《ねえ》ちゃん。

水月《みづき》ちゃんや睦月《むつき》くん。陽菜《ひな》ちゃんや福士《ふくし》くんや雫《しずく》。そして、修《しゅう》ちゃん。

だから、それをみんなに返《かえ》さなきゃいけない。

それに、励《はげ》まされるのも嬉《うれ》しいけど、誰《だれ》かに自分《じぶん》から「がんばって！」って言《い》うのもたいせつだと思《おも》う。

誰《だれ》かに見守《みまも》られるのもいいけれど、誰《だれ》かのことを支《ささ》えることも、自分《じぶん》の生《い》きる力《ちから》になる。

だって、人《ひと》は誰《だれ》でも誰《だれ》かの役《やく》に立《た》ちたいんだから。

そして、コンクールの日《ひ》がやってきた。

ステージの上《うえ》で、修《しゅう》ちゃんが胸《むね》を張《は》り、深呼吸《しんこきゅう》をしている。

演奏《えんそう》がスタートする。

ああ、こんなに難《むずか》しい曲《きょく》を、こんなに軽《かろ》やかに弾《ひ》けるなんて、すごい。すごいよ。

あ、でも、そこ！　そこは、気《き》をつけて！

この曲《きょく》は自分《じぶん》には弾《ひ》けないけれど、まるで自分《じぶん》がいっしょに演奏《えんそう》しているみたいだった。

指使《ゆびづか》いや息使《いきづか》いまで、ダイレクトに心《こころ》に伝《つた》わってくるようで、わたしは息《いき》を止《と》めて見《み》入《い》ってしまった。

曲《きょく》が終《お》わると、人一倍《ひといちばい》、大《おお》きな拍手《はくしゅ》が起《お》こった。

その瞬間《しゅんかん》、わたしは修《しゅう》ちゃんの優勝《ゆうしょう》を確信《かくしん》した。

やっぱり、修《しゅう》ちゃんはスペシャルだ。誰《だれ》よりも特別《とくべつ》だ。

「修《しゅう》ちゃん、おめでとう！」

楽屋《がくや》に顔《かお》を出《だ》す。

「蘭《らん》！　ありがとう。」

「もう指《ゆび》は大丈夫《だいじょうぶ》なの？」

「大《おお》げさだなあ。たいしたことなかったって言《い》ったろ?」

「よかった。本当《ほんとう》にごめんね。」

「いいって。それよりも、ああ、なんか腹減《はらへ》ったなあ。」

「なに、急《きゅう》に?」

「今日《きょう》は緊張《きんちょう》のあまり、食事《しょくじ》が喉《のど》を通《とお》らなかった。」

「さすがの修《しゅう》ちゃんでも? あ、エンゼル・ベーカリーのクリームパンあるよ。食《た》べる?」

「本当《ほんとう》? やったあ!」

「修《しゅう》ちゃんママには内緒《ないしょ》ね。」

「今《いま》、先生《せんせい》と別室《べっしつ》で話《はな》してる。母《かあ》さんが戻《もど》ってくる前《まえ》に、誰《だれ》もいないとこに行《い》こ。」

会場《かいじょう》の非常階段《ひじょうかいだん》に出《で》て、ふたりきりで並《なら》んで腰《こし》かける。

「蘭《らん》。半分《はんぶん》こしよ。」

「いいよ。ひとりで全部《ぜんぶ》食《た》べて。」

「蘭《らん》と半分《はんぶん》こしたいんだよ。」

「変《へん》なの。」

わたしは笑《わら》う。

「だって、たいせつな人《ひと》とひとつのパンを分《わ》けあって、おいしいねと言《い》いあえることって、世界《せかい》でいちばん幸《しあわ》せなことじゃない？」

「コンクールで優勝《ゆうしょう》することよりも？」

「うん。友達《ともだち》がひとりもいなくて、誰《だれ》もクリームパンを持《も》ってきてくれなかったら、そういう人生《じんせい》のほうが寂《さび》しいよ。」

修《しゅう》ちゃんの言葉《ことば》に、ふたりで笑《わら》って、そのあと、ジンと目《め》の奥《おく》が熱《あつ》くなった。

修《しゅう》ちゃんは、ずっと孤独《こどく》だったんだ。

ピアノ以外《いがい》のことを、全部《ぜんぶ》、あきらめてきたんだ。

わたしには、そこまでの覚悟《かくご》はない。だから、うらやんで嫉妬《しっと》する権利《けんり》もないんだ。

「今日《きょう》の演奏《えんそう》、神《かみ》がかってた。」

「蘭《らん》のおまじないのおかげかな。あれ、やったんだ。本《ほん》のおまじない。」

修《しゅう》ちゃんが笑《わら》った。

「そう。」

「うん。ありがとう、蘭《らん》。」

見《み》えなくても、聞《き》こえなくても。

でも、きっとどこかに、おまじないをかなえてくれる神様《かみさま》はいる。

ほら、きっと、あなたのすぐとなりにも。

ね？

自分《じぶん》の大好《だいす》きな本《ほん》を用意《ようい》します
自分《じぶん》の誕生日《たんじょうび》の月《つき》と日《ひ》にちを
足《た》したページを開《ひら》きます
2月《がつ》23日《にち》なら、2+《たす》23で25ページを
そのページに願《ねが》いごとを書《か》いた紙《かみ》をはさんで
本棚《ほんだな》にもどすと
その願《ねが》いがかなうよ

第《だい》6章《しょう》

睦《む》月《つき》のおまじない

Mutsuki

「ねえ、睦月《むつき》くん。これ、ありがとね。」

富田《とみた》さんが、うちのクラスに入《はい》ってきて、睦月《むつき》くんに話《はな》しかけた。

ノートを渡《わた》してる。

「じゃ、あとで、塾《じゅく》でね。」

富田《とみた》さんが教室《きょうしつ》を出《で》ていく。

「なんだよ。睦月《むつき》、ノートを貸《か》し借《か》りする仲《なか》かよ？」

「そういうんじゃねえよ。」

「やるう。」

男子《だんし》が睦月《むつき》くんをからかって小突《こづ》いてる。

え。睦月《むつき》くん、富田《とみた》さんといつの間《ま》にあんなに仲《なか》よくなったんだろ。

十月《がつ》。秋《あき》が深《ふか》まって、受験組《じゅけんぐみ》は大変《たいへん》そう。

だんだん、教室《きょうしつ》の空気《くうき》もピリピリしてきてる。

「やだ。なにあれ？」

陽菜《ひな》ちゃんが、不安《ふあん》そうな顔《かお》になる。

「学習塾《がくしゅうじゅく》がいっしょみたい。しかも、同《おな》じ中学《ちゅうがく》を受験《じゅけん》するらしいよ。」

「はあ。」

陽菜《ひな》ちゃんがため息《いき》をつく。

「ということは、わたしとも同《おな》じ志望校《しぼうこう》か。いやだなあ。莉子《りこ》ちゃん、本気《ほんき》で睦月《むつき》くんねらいなんだ。負《ま》けそう。」

「陽菜《ひな》ちゃんは負《ま》けないって。」

「でも、なんだか、ショックだな。わたしや蘭《らん》のことをイジメてたの知《し》ってるのに、仲《なか》よくするなんて。」

ほんとだよね。わたしも、あんまりいい気《き》はしないけど。

でも、過去《かこ》にこだわらないのが、睦月《むつき》くんのいいとこなのかも。

「小川《おがわ》。ちょっと。職員室《しょくいんしつ》まで来《き》てくれるか？」

そのとき、北原先生《きたはらせんせい》に呼《よ》ばれた。

「先生《せんせい》、なんですか？」

職員室《しょくいんしつ》で、先生《せんせい》と向《む》かいあう。

「本当《ほんとう》に中学受験《ちゅうがくじゅけん》しないのか？」

「あ、はい。」

「小川《おがわ》なら、成績《せいせき》もいいんだし、私立《しりつ》でいい中学《ちゅうがく》をねらえるぞ？」

先生《せんせい》が言《い》った。

「もったいない。」

「わたし、地元《じもと》の公立中学《こうりつちゅうがく》がいいんです。お姉《ねえ》ちゃんもいるし。」

「そうか。どうしても、中学受験《ちゅうがくじゅけん》はしないのか。」

「はい。」

先生《せんせい》が残念《ざんねん》そうに言《い》う。

睦月《むつき》くんも、陽菜《ひな》ちゃんも、福士《ふくし》くんも、雫《しずく》も中学受験《ちゅうがくじゅけん》をする。

睦月《むつき》くんは、姉《あね》の水月《みづき》ちゃんと同《おな》じ私立中学《しりつちゅうがく》を受験《じゅけん》するんだけど、睦月《むつき》くんを好《す》きな陽《ひ》菜《な》ちゃんも、睦月《むつき》くんと同《おな》じ中学《ちゅうがく》をねらってる。

福士《ふくし》くんと雫《しずく》はふたりで同《おな》じ中学《ちゅうがく》を目指《めざ》してる。

本《ほん》のおまじない

自分《じぶん》の大好《だいす》きな本《ほん》を用意《ようい》します
自分《じぶん》の誕生日《たんじょうび》の月《つき》と日《ひ》にちを
足《た》したページを開《ひら》きます
2月《がつ》23日《にち》なら、2+《たす》23で25ページを
そのページに願《ねが》いごとを書《か》いた紙《かみ》をはさんで
本棚《ほんだな》にもどすと
その願《ねが》いがかなうよ

仲間《なかま》で受験《じゅけん》しないのは、わたしだけ。

そんなわたしがみんなのためにできることはないのかなあ。

そうだ。受験《じゅけん》がうまくいくおまじない！

図書室《としょしつ》で調《しら》べてみよう。

わたしは、職員室《しょくいんしつ》を出《で》てから図書室《としょしつ》に行《い》き、おまじないの本《ほん》を探《さが》した。


ローリエの葉《は》のおまじない。

これ、いいかも。

『ローリエ、月桂樹《げっけいじゅ》の葉《は》は、強《つよ》いパワーを秘《ひ》めています。古代《こだい》ギリシャ時代《じだい》から、月桂樹《げっけいじゅ》で作《つく》られた冠《かんむり》をスポーツの勝者《しょうしゃ》や英雄《えいゆう》に授《さず》ける習慣《しゅうかん》があり、勝利《しょうり》・栄光《えいこう》の象徴《しょうちょう》です。』

へえ、ローリエの葉《は》は、うちのキッチンにもある。

シチューなんかに入《い》れるもの。

これ、やってみよう。

その本《ほん》を借《か》りようと歩《ある》きだすと、

「でも、睦月《むつき》くんには渡部陽菜《わたべひな》が接近《せっきん》してるじゃない？」

図書室《としょしつ》のすみから声《こえ》がした。

え？　陽菜《ひな》ちゃん？

そっと近《ちか》づくと、奥《おく》の人目《ひとめ》につかないスペースで、こそこそ、富田《とみた》さんたちが頭《あたま》を寄《よ》せあっていた。

「陽菜《ひな》ねえ。うざいよね。今日《きょう》も睦月《むつき》くんのクラスに行《い》ったら、にらまれちゃった。」

「やだ〜。」

「最悪《さいあく》！」

「でもさ。大丈夫《だいじょうぶ》。わたし、陽菜《ひな》が睦月《むつき》くんから離《はな》れるように、おまじないしてるから。」

え？　おまじない？

「なにそれ？」

「ライバルを蹴落《けお》とすおまじないがあるのよ。恋《こい》も受験《じゅけん》もね。」

「なにそれ、どうやるの？」

「わたしもやりたい！」

耳《みみ》を疑《うたが》った。

「白《しろ》い紙《かみ》に相手《あいて》の名前《なまえ》をローマ字《じ》で書《か》いてね。それを、ハサミでズタズタに切《き》って。」

どくん、心臓《しんぞう》が凍《こお》りついた。

「富田《とみた》さん！」

わたし、それ以上《いじょう》聞《き》きたくなくて、おもわず大《おお》きな声《こえ》を出《だ》していた。

「やだ。小川《おがわ》さん。」

富田《とみた》さんが驚《おどろ》いている。

「盗《ぬす》み聞《ぎ》きしてたの？　サイテー！」

「どっちがサイテーなの？」

カッと熱《あつ》い気持《きも》ちが胸《むね》にわき上《あ》がってくる。

「陽菜《ひな》ちゃんを不幸《ふこう》にするおまじないなんて、わたし、許《ゆる》さない！」

「あら、小川《おがわ》さんたちだって、さんざん、おまじないをやってたじゃない。タンポポを飛《と》ばすとか。あれはどうなのよ？」

「わたしたちのおまじないは、前向《まえむ》きに生《い》きるため、幸《しあわ》せになるため、勇気《ゆうき》を出《だ》すためのおまじないだもの！」

「なによ、えらそうに。きれいごとばっかり言《い》っちゃってさ。」

「人《ひと》の不幸《ふこう》を願《ねが》うおまじないなんて、しちゃいけないって思《おも》う。そんなことをする人《ひと》は、絶対《ぜったい》に幸《しあわ》せにはなれないよ。」

「はあ？　なに言《い》ってんの？」

「人《ひと》を陥《おとしい》れるようなおまじないをすれば、いつかその不幸《ふこう》が自分《じぶん》に返《かえ》ってくるよ。」

「なに言《い》ってんのよ。こんなの遊《あそ》びみたいなもんじゃない！　真剣《しんけん》にならないでよ。」

「陽菜《ひな》ちゃんは大事《だいじ》な友達《ともだち》だもん。やめてほしいの。」

「そうだよ、富田《とみた》。おまえのこと見損《みそこ》なったぞ！」

背中《せなか》から睦月《むつき》くんの声《こえ》がした。

「あ！」

富田《とみた》さんが息《いき》をのんだ。

振《ふ》り返《かえ》ると、睦月《むつき》くんと陽菜《ひな》ちゃんが立《た》っていた。

「蘭《らん》が図書室《としょしつ》に入《はい》っていくのを見《み》かけて……。」

陽菜《ひな》ちゃんの目《め》が潤《うる》んでる。

「莉子《りこ》ちゃん、ひどいよ。」

「富田《とみた》。自分《じぶん》が受験《じゅけん》に受《う》かるおまじないならいい。けど、人《ひと》が落《お》ちるおまじないなんて、そんなことして恥《は》ずかしくないのかよ。」

睦月《むつき》くんが険《けわ》しい表情《ひょうじょう》で、富田《とみた》さんの前《まえ》に歩《ある》いていく。

「いっしょに受験《じゅけん》をがんばる仲間《なかま》だと思《おも》ったから、仲《なか》よくしてたのに。見損《みそこ》なった。」

睦月《むつき》くんの言葉《ことば》に、富田《とみた》さんが唇《くちびる》を震《ふる》わせた。

「だって、だって、睦月《むつき》くんと陽菜《ひな》、仲《なか》がいいから、わたし、わたし、嫉妬《しっと》して。」

「いいか。今《いま》やってるおまじない、すぐにやめろよ。約束《やくそく》だぞ！」

「わかった。約束《やくそく》する。」

富田《とみた》さんが言《い》った。

「ごめんなさい。睦月《むつき》くん、わたしのこと嫌《きら》わないで。わたし、睦月《むつき》くんのこと、好《す》きなの！　だから、わたしには難《むずか》しいっていわれてる学校《がっこう》だけど、でも、同《おな》じ中学《ちゅうがく》にどうしても行《い》きたくて……だから。だから。ひとりでもライバルを減《へ》らしたくて。」

わあっと富田《とみた》さんが泣《な》きだした。

受験《じゅけん》って……、わたしが思《おも》ってる以上《いじょう》に、心《こころ》をすり減《へ》らしちゃうものなのかも……。

そう思《おも》ったら、もうそれ以上《いじょう》、責《せ》める気《き》にもなれなくなった。

「……あのさ。富田《とみた》がすごく努力《どりょく》してるのをオレは知《し》ってる。ぐんぐん成績《せいせき》が上《あ》がってさ。オレ、ほんとにすげえと思《おも》ってたんだよ。だからさ。」

「睦月《むつき》くん……。」

「受験《じゅけん》がんばろうぜ。みんなで合格《ごうかく》しよう。オレだったらさ、塾《じゅく》の仲間《なかま》が全員合格《ぜんいんごうかく》するおまじないをするぞ。」

睦月《むつき》くんの言葉《ことば》に富田《とみた》さんが、また、わっと泣《な》きだした。

「陽菜《ひな》、もう大丈夫《だいじょうぶ》だから。蘭《らん》、行《い》こう。」

睦月《むつき》くんがそう言《い》って歩《ある》きだす。

よいおまじないと悪《わる》いおまじない。

よい魔法《まほう》と悪《わる》い魔法《まほう》。

誰《だれ》にだって、心《こころ》の中《なか》には天使《てんし》と悪魔《あくま》、両方《りょうほう》がいる。

わたしだって、人《ひと》を嫌《きら》ったり、嫉妬《しっと》したりする。

でも、誰《だれ》かの不幸《ふこう》や失敗《しっぱい》を願《ねが》うようなことだけは、そんなおまじないだけは、しちゃいけないし、したくない。

それは、プライドの問題《もんだい》だって思《おも》うんだ。

そんなことをしたら、自分《じぶん》がみじめになる。

誰《だれ》も知《し》らなくても、したことは自分《じぶん》で覚《おぼ》えてる。

絶対《ぜったい》に忘《わす》れられないって思《おも》うんだ。

だから、歯《は》を食《く》いしばってでも、誘惑《ゆうわく》に負《ま》けちゃいけない。

自分《じぶん》で自分《じぶん》を誇《ほこ》れるように。自信《じしん》を持《も》てるように。


睦月《むつき》くんは、学習塾《がくしゅうじゅく》に行《い》くので先《さき》に校舎《こうしゃ》を出《で》た。

わたしと陽菜《ひな》ちゃんは、誰《だれ》もいない教室《きょうしつ》から校庭《こうてい》を見下《みお》ろした。

陽菜《ひな》ちゃんが、ポツリポツリと話《はな》し始《はじ》めた。

「わたしね、睦月《むつき》くんが好《す》きなんだ。」

「知《し》ってるよ。」

「今日《きょう》のことで、前《まえ》より、もっと好《す》きになった。」

「わかる。今日《きょう》の睦月《むつき》くんはかっこよかったよね。全員《ぜんいん》が合格《ごうかく》するおまじないなんて、睦《む》月《つき》くん、いいとこあるよ。」

「ねえ、蘭《らん》。花屋《はなや》さんには、いっぱい花《はな》があるでしょ？　全部《ぜんぶ》、値段《ねだん》が付《つ》いていて、高《たか》い花《はな》も安《やす》い花《はな》もある。」

「うん。」

「蘭《らん》は名前《なまえ》のとおり、高価《こうか》な蘭《らん》の花《はな》だよね。」

「名前《なまえ》だけだってば。」

「睦《む》月《つき》くんにとって、わたしは名前《なまえ》も知《し》らない道端《みちばた》に咲《さ》く花《はな》だと思《おも》うんだ。」

「そんなことないよ。」

「あるの。でもね。片思《かたおも》いして、わたし、こう思《おも》うようになったんだ。名《な》もない花《はな》でも、それでも精《せい》いっぱいの花《はな》を咲《さ》かせたいって。そしたら、いつの日《ひ》か、睦《む》月《つき》くんが、その花《はな》に気《き》がついてくれる日《ひ》が来《く》るんじゃないかって。」

「もうとっくに気《き》がついてるよ。」

「それとね。蘭《らん》、知《し》ってる？　朝顔《あさがお》って、一定時間《いっていじかん》、闇《やみ》の中《なか》に置《お》かれないと花《はな》が咲《さ》かないんだって。」

「え。そうなの？」

「うん。ずっと明《あか》るいところに置《お》いておくだけだと花《はな》が咲《さ》かないんだって。それって興味《きょうみ》深《ぶか》いと思《おも》わない？」

「そうなんだ。知《し》らなかった。」

「人間《にんげん》だって、悩《なや》んだり、迷《まよ》ったり、つらい思《おも》いをしたり。そういう経験《けいけん》がちゃんとあった人《ひと》のほうが絶対《ぜったい》に感受性《かんじゅせい》が豊《ゆた》かになるし、人《ひと》に優《やさ》しくできると思《おも》う。そして、最終的《さいしゅうてき》には、大《おお》きな花《はな》を咲《さ》かせられると思《おも》うんだ。」

「うん。絶対《ぜったい》にそうだと思《おも》う。」

「そうだよね。蘭《らん》、今日《きょう》はありがとうね。莉子《りこ》ちゃんにはっきり言《い》ってくれて、感謝《かんしゃ》してる。」

そう言《い》うと、陽菜《ひな》ちゃんが泣《な》きだした。

「きっと莉子《りこ》ちゃんも、闇《やみ》を抜《ぬ》けて、これからいい方向《ほうこう》に変《か》われると思《おも》うんだ。」

「そうだよね。同《おな》じ中学《ちゅうがく》に行《い》ったら、仲《なか》よくなれるかもしれないね。」

わたしの言葉《ことば》に、陽菜《ひな》ちゃんが優《やさ》しく微笑《ほほえ》んだ。


「じゃ〜ん。わたしからのお守《まも》りです！」

数日後《すうじつご》、わたしは、睦月《むつき》くん、陽菜《ひな》ちゃん、福士《ふくし》くん、雫《しずく》に、ローリエの入《はい》ったお守《まも》りを渡《わた》した。

「手作《てづく》りだから効《き》き目《め》は心配《しんぱい》だけど、思《おも》いはこもっているから。」

「嬉《うれ》しい！」

「ありがとう！」

「やったね！」

雫《しずく》と陽菜《ひな》ちゃん、福士《ふくし》くんが口々《くちぐち》に言《い》ってくれる。

「蘭《らん》。バタフライ効果《こうか》って知《し》ってる？」

睦月《むつき》くんが言《い》う。

「バタフライ効果《こうか》？」

「うん。北京《ペキン》で蝶《ちょう》が羽《はね》を動《うご》かすだけで、空気《くうき》が動《うご》いて、はるか遠《とお》いニューヨークの気象《きしょう》が変化《へんか》することがあるんだって。」

「へえ？」

「つまり、ほんのささやかなことでも、それがきっかけで、他人《たにん》の人生《じんせい》に大《おお》きな影響《えいきょう》を与《あた》えることもあるってこと。」

「おもしろいね。」

「オレが蘭《らん》から、このお守《まも》りもらったことで、中学受験《ちゅうがくじゅけん》に成功《せいこう》して、そして、その先《さき》にノーベル賞《しょう》が待《ま》ってるかもしれないぞ。蘭《らん》、お楽《たの》しみに！」

「うん！　楽《たの》しみにしてる！」


わたしたちは、来年《らいねん》、中学生《ちゅうがくせい》になる。

わたしはみんなと離《はな》れてしまう。

まだ、わからない未来《みらい》のことを考《かんが》えると、ドキドキする。
中学《ちゅうがく》、高校《こうこう》、そして、大学《だいがく》は？　仕事《しごと》は？　恋愛《れんあい》は？　結婚《けっこん》は？
わたしたちには、どんな未来《みらい》が待《ま》っているんだろう。
想像《そうぞう》もできないし、少《すこ》し怖《こわ》いような気《き》もするけど。
でも、わたしは、今《いま》の一段《だん》を登《のぼ》ろう。
一歩《いっぽ》一歩《いっぽ》、登《のぼ》ろう。それだけを考《かんが》えよう。
その一歩《いっぽ》を踏《ふ》み出《だ》す。それがたいせつだよね。
石段《いしだん》をひとつひとつ登《のぼ》っていけば、何百段《なんびゃくだん》の階段《かいだん》だって、いつか登《のぼ》りきる。
一ページずつめくっていけば、どんな分厚《ぶあつ》い本《ほん》も読《よ》み終《お》わる。
だから、恐《おそ》れないで。
さあ、また今日《きょう》も新《あたら》しいページを開《ひら》こう。

ローリエの葉《は》のおまじない

ローリエの葉《は》を2枚《まい》と
赤《あか》い油性《ゆせい》ペンを用意《ようい》します
ローリエの葉《は》の1枚《まい》に「合格《ごうかく》」と書《か》いて
文字《もじ》が内側《うちがわ》になるように、2枚《まい》を合《あ》わせて
テープなどでしっかりと留《と》めます
それを、お守《まも》りの中《なか》に入《い》れて持《も》ち歩《ある》くと
入試《にゅうし》に合格《ごうかく》するよ

第《だい》7章《しょう》

凛《りん》のおまじない

Rin

（番《ばん》外《がい》編《へん》）

あ、広瀬《ひろせ》だ。なに話《はな》してるのかな。
廊下《ろうか》の窓《まど》ぎわで、男子《だんし》たち何人《なんにん》かで話《はな》してる。
窓枠《まどわく》に腕《うで》をかけて、笑《わら》ってる。
窓《まど》から十月《がつ》の日差《ひざ》しがやわらかく差《さ》しこんでる。
広瀬崇《ひろせたかし》。となりのクラスの男《おとこ》の子《こ》。
サッカー部《ぶ》で一年《ねん》なのに、レギュラーで活躍《かつやく》している。
広瀬《ひろせ》を知《し》ったのが四月《がつ》だから、もう半年《はんとし》。
すごく気《き》になる存在《そんざい》だけど、まだ一度《いちど》も話《はな》したことがない。
クラスも部活《ぶかつ》も違《ちが》うから、なかなかチャンスがない。
どうしても話《はな》しかける勇気《ゆうき》が出《で》ないまま。
あ、そうだ。今《いま》がチャンス！
妹《いもうと》の蘭《らん》に教《おし》えてもらった、おまじないをやってみよう！
好《す》きな人《ひと》の後《うし》ろ姿《すがた》に向《む》かって、まばたきを三回《かい》すると想《おも》いが通《つう》じる。
って言《い》ってたよね。

よし！

広瀬《ひろせ》の背中《せなか》に向《む》かって、目《め》をパチパチパチパチ。まばたき三回《かい》。

完了《かんりょう》！

そのとき、

「凜《りん》！」

声《こえ》をかけられて、ぎくりとする。仲《なか》よしの萌《もえ》だった。

「どうしたの？　目《め》にゴミでも入《はい》った？」

「え？」

「目《め》をパチパチさせてたでしょ？」

「あ、う、うん。そ、そうなんだ。」

やだ。見《み》られてた。恥《は》ずかしいから、ごまかしちゃう。

そう。わたしにできるのは、おまじないだけ……。

放課後《ほうかご》、部活《ぶかつ》の吹奏楽《すいそうがく》も終《お》わって、校舎《こうしゃ》を出《で》る。

空《そら》が高《たか》くて、風《かぜ》が気持《きも》ちいい。

グラウンドでは、まだサッカー部《ぶ》が練習《れんしゅう》している。

あ、いた。広瀬《ひろせ》が懸命《けんめい》にボールを追《お》いかけて走《はし》り回《まわ》ってる。

初《はじ》めて会《あ》ったときから、なにか特別《とくべつ》なものを感《かん》じてた。

でも、広瀬《ひろせ》は、わたしのことなんか知《し》らない。名前《なまえ》すら知《し》らない。

そう考《かんが》えたら、ふいに悲《かな》しくなってきた。

広瀬《ひろせ》が誰《だれ》かとつきあったら、片思《かたおも》いも終《お》わり。

勝手《かって》にひとりで始《はじ》めて、勝手《かって》にひとりで終《お》わるんだ。

でも、気《き》がついたら、また、背中《せなか》にまばたき三回《かい》してた。

なんて、わたしにぴったりなおまじないなんだろう。

だって、わたしは背中《せなか》を見《み》ていることしかできないから。

廊下《ろうか》を歩《ある》いていく制服《せいふく》の背中《せなか》を、サッカーボールを追《お》いかけるユニフォームの背中《せなか》を、いつも目《め》で追《お》っているだけだから。

と、そのとき、ふいに広瀬《ひろせ》がこっちを振《ふ》り向《む》いて、目《め》が合《あ》った。

ドキッ！　おまじないが通《つう》じちゃった⁉
広瀬《ひろせ》がサッカーボールを蹴《け》るのをやめて、こっちに走《はし》ってくる。
ええ！
「広瀬《ひろせ》くん！」
は？
わたしの背後《はいご》から声《こえ》がして、誰《だれ》かが、わたしを追《お》い抜《ぬ》いて広瀬《ひろせ》の元《もと》に走《はし》っていった。
「先輩《せんぱい》。」
あ、サッカー部《ぶ》のマネージャーだ。二年生《ねんせい》。後藤先輩《ごとうせんぱい》だ。
やだ、自分《じぶん》のことだとかんちがいしちゃった。
広瀬《ひろせ》が後藤先輩《ごとうせんぱい》を見《み》て笑《わら》った。仲《なか》よさそう。
ふたりが立《た》ち止《ど》まってなにか話《はな》してる。距離《きょり》が近《ちか》い。
胸《むね》がすうっと冷《ひ》えていく。
おもわず、ふたりから目《め》をそらす。
まさか、つきあってるんじゃ……ないよね？

目《め》をそらしても、ふたりの姿《すがた》が頭《あたま》から離《はな》れない。

先輩《せんぱい》とは、サッカー部《ぶ》でいつもいっしょだもんね。

でも、もし、ふたりがつきあってたら、ショックで立《た》ち直《なお》れないかも。

くるりと背《せ》を向《む》けて、歩《ある》きだしたとたん。

がっしゃーん！　ゴミ箱《ばこ》に足《あし》を引《ひ》っかけて転《ころ》んじゃった。

「あいたたた。」

ぶつけた腰《こし》をさすりながら起《お》き上《あ》がると視線《しせん》を感《かん》じた。

広瀬《ひろせ》が目《め》をパチクリさせて、こっちを見《み》ている。

「やだ。なにあれ。」

後藤先輩《ごとうせんぱい》が、こっちを見《み》て笑《わら》ってる。

ああ、恥《は》ずかしい。いちばんかっこ悪《わる》いところを見《み》られちゃった。

なんでわたしってこうなんだろう。サイアク。

「ただいま。」

しょぼんとしながら、自宅《じたく》へ帰《かえ》ると、

「おかえり。ねえ、凜《りん》。見《み》てみて～、すてきよ～。うっとり。」

ママと蘭《らん》がリビングでテレビにかぶりついている。

「なんの番組《ばんぐみ》？」

「ロイヤルウエディングよ！　生放送《なまほうそう》なのよ！」

「わあ！」

わたしも興味津々《きょうみしんしん》で、ママと蘭《らん》の横《よこ》に座《すわ》る。

ヨーロッパの国《くに》の王子《おうじ》さまが結婚《けっこん》したんだ。

古《ふる》い由緒《ゆいしょ》ある教会《きょうかい》で結婚式《けっこんしき》が行《おこな》われている。

王子《おうじ》さまは堂々《どうどう》として立派《りっぱ》だし、花嫁《はなよめ》は輝《かがや》くように美《うつく》しい。

純白《じゅんぱく》のウエディングドレスに長《なが》い長《なが》いレースのベール。

オルガンの音《おと》に合《あ》わせて、しずしずと礼拝堂《れいはいどう》の通路《つうろ》を進《すす》む姿《すがた》は、気品《きひん》にあふれて優雅《ゆうが》だった。

まるで、おとぎ話《ばなし》の世界《せかい》。

そして、世界一幸せ《せかいいちしあわ》そうなふたりの笑顔《えがお》。

「さっき、テレビでアナウンサーの人《ひと》が言《い》ってたんだけど、ヨーロッパの結婚式《けっこんしき》では、サムシングフォーっていう古《ふる》いおまじないがあるんだって。」

蘭《らん》が言《い》う。

「サムシングフォー?」

「うん。『四つのなにか』っていう意味《いみ》。結婚式《けっこんしき》で、その四つを身《み》につけると、かならず幸《しあわ》せになるんだって。」

「へえ、その四つってなに?」

「あのね。まず、なにかひとつ古《ふる》いもの。これは祖先《そせん》を敬《うやま》い、伝統《でんとう》をたいせつにするということ。母《はは》や、祖母《そぼ》のアクセサリーなどをつけるといいのよ。」

ママが得意《とくい》げに解説《かいせつ》してくれる。

「そして、なにかひとつ新《あたら》しいもの。これからの新生活《しんせいかつ》がすばらしいものになるように。白《しろ》い手袋《てぶくろ》や、白《しろ》いリボンなど。白《しろ》いものがいいの。これから、自分《じぶん》たちで色《いろ》をつけるのね。」

「ふむふむ。それぞれに意味《いみ》があるんだね。」

「次《つぎ》は、なにかひとつ借《か》りたもの。これは、周《まわ》りの人《ひと》たちとのご縁《えん》が続《つづ》きますようにってことで、すでに幸《しあわ》せな結婚《けっこん》をしている友人《ゆうじん》から、アクセサリーやハンカチなどを借《か》りるの。」

「ほほう。」

「最後《さいご》は、なにかひとつ青《あお》いもの。青《あお》い鳥《とり》に代表《だいひょう》されるように、青《あお》は幸《しあわ》せを呼《よ》ぶ色《いろ》。目立《めだ》たない場所《ばしょ》に青《あお》いリボンなどをつけるといい。」

「はあ〜、なるほどね。」

「青《あお》いものは、ふだんでも身《み》につけるといいみたいよ。」

「そうなんだ！　青《あお》いものなんて持《も》ってたかなあ？」

「凜《りん》と蘭《らん》は、去年《きょねん》からおまじないに凝《こ》ってるものね。サムシングフォーは、将来《しょうらい》、ふたりの結婚式《けっこんしき》でも、やったらいいわよ。」

「え！　結婚式《けっこんしき》！　自分《じぶん》の？」

わたしと蘭《らん》がキャーキャー騒《さわ》いでいると、ふいに背中《せなか》からパパの声《こえ》がした。

「凜《りん》、蘭《らん》。ふたりがお嫁《よめ》に行《い》ったら、パパは寂《さび》しいぞ！」

「やだ、パパ、帰《かえ》ってきてたの？」

「さっきから声《こえ》をかけてるのに、三人《にん》とも気《き》がついてくれないんだもんな。」

パパがすねたように言《い》う。

「やだ。パパ、ごめんなさい。」

蘭《らん》がすぐに謝《あやま》った。

「蘭《らん》は本当《ほんとう》にいいこだな。ふたりとも結婚《けっこん》なんかしなくたっていいんだぞ！」

「そんなの、まだずう〜っと先《さき》のことだよ。」

「でも、最近《さいきん》の子《こ》は、小学生《しょうがくせい》でも彼氏《かれし》がいるとか聞《き》くしなあ。」

パパがブツブツ言《い》ってる。

「まさか、凜《りん》と蘭《らん》には、つきあってる男子《だんし》はいないよな？」

パパが心配《しんぱい》そうに言《い》う。

「いないよ！」

わたしと蘭《らん》の声《こえ》がハモった。

「ああ〜、よかった。ほんとによかった。」

パパが、心底《しんそこ》ホッとしたような声《こえ》を出《だ》す。

「でも、クラスでつきあってる子《こ》はいるよ?」

わたしの言葉《ことば》に、パパが驚《おどろ》きの表情《ひょうじょう》になる。

「ええ! 中一《ちゅう》で早《はや》すぎるだろ!」

「そんなことないよ。みんな、好《す》きな子《こ》くらいいるよ。」

「ま、まさか、凜《りん》は、好《す》きな男子《だんし》がいるのか?」

ぎくっ。

「あ、赤《あか》くなった、いるんだな? 誰《だれ》だ? もしかして、睦月《むつき》くんか? ええ?」

「なんで、睦月《むつき》くんなのよ!」

ああ、パパ、めんどくさい。

広瀬《ひろせ》のことなんか、パパに言《い》えないよ。

乙女心《おとめごころ》は繊細《せんさい》かつ複雑《ふくざつ》なんだからね。

「ねえ、ママ、おなかすいた。夕食《ゆうしょく》にしようよ!」

わたしが話題《わだい》を変《か》えると、

「ああ〜、せっかくロイヤルでウエディングな気分《きぶん》に浸《ひた》っていたのに！　現実《げんじつ》は、これよね〜！　は〜、日常《にちじょう》。」

ママがしぶしぶ立《た》ち上《あ》がる。

「ママ、わたしも、手伝《てつだ》うから。」

さっと蘭《らん》が立《た》ち上《あ》がる。えらい！

「わ、わたしだって手伝《てつだ》うよ！」

「いいから！　凛《りん》は制服《せいふく》を着替《きか》えてきなさい。」

「は〜い。」

わたしは不器用《ぶきよう》だから、期待《きたい》されてないのよね……。


「さあ、唐揚《からあ》げ！　できたわよ！」

ママが、ドカンと大皿《おおざら》に盛《も》った唐揚《からあ》げを持《も》ってきた。

「わあ、おいしそう！」

「ママの唐揚《からあ》げ、最高《さいこう》！」

「ママの唐揚《からあ》げは、いくらでも食《た》べられる！」

わたしとパパが口々《くちぐち》に言《い》うと、

「はあ～、やだやだ。」

ママがグチった。

「ママも王子《おうじ》さまと結婚《けっこん》したかったわ。」

「ママにはパパがいるじゃん！」

わたしは笑《わら》う。

「そうそう、ママにはパパが王子《おうじ》さまよ！」

蘭《らん》がサラダを持《も》ってきてそう言《い》うと、ママが急《きゅう》に悲鳴《ひめい》をあげた。

「あ～！　しまった！」

「ママ、どうしたの？」

「ご飯《はん》のスイッチを入《い》れるの忘《わす》れてた～！」

「ええ～！」

わたしたちはそろって大声《おおごえ》をあげた。

「唐揚《からあ》げはご飯《はん》と食《た》べるのが好《す》きなのに～！」

「白米《はくまい》！　白米《はくまい》がないなんて～！」

パパがブツブツ言《い》い始《はじ》めた。

「ママのうっかりなところは凛《りん》に遺伝《いでん》したよな。」

「なによう。今《いま》は、わたしは関係《かんけい》ないでしょ！」

「だって、凛《りん》。シャツのそでのボタンが取《と》れてるぞ。」

「あ。やだ！」

「着《き》るときちゃんと見《み》なさい。そのへんにあるものを適当《てきとう》に着《き》るからだ。」

「ほんとよ。凛《りん》はマイペースで大《おお》ざっぱだからね。」

ママがため息《いき》をつく。

「なによう。ママまで！」

「蘭《らん》は几帳面《きちょうめん》で、なんでもきちんとしてるのにね。」

「ボタンが取《と》れても、すぐに自分《じぶん》でつけるし、身《み》だしなみも完璧《かんぺき》だぞ。」

わたしは叫《さけ》ぶ。

「それより、白米《はくまい》の心配《しんぱい》をして〜！」

「ああ、踏《ふ》んだり蹴《け》ったりだよ！」

自分《じぶん》の部屋《へや》でシャーペンを放《ほう》り出《だ》す。

「わたしだってねえ、もっと美人《びじん》に賢《かしこ》く産《う》んでほしかったよ！」

結局《けっきょく》、夕食《ゆうしょく》はパックご飯《はん》で代用《だいよう》したんだけど、パパとママがわたしの生活態度《せいかつたいど》や成績《せいせき》のことまで攻《せ》めたて始《はじ》めて、もうさんざん。

しかも、宿題《しゅくだい》をやってるんだけど、ちっとも終《お》わらない。

中学《ちゅうがく》では、勉強《べんきょう》がどんどん難《むずか》しくなってきてる。

最近《さいきん》は、部活《ぶかつ》で疲《つか》れて、夜《よる》はすぐ寝《ね》ちゃってたから、今日《きょう》はがんばらなくちゃ。

このあと、予習《よしゅう》もしなくちゃ。

眠《ねむ》いけど深夜《しんや》まで、勉強《べんきょう》に集中《しゅうちゅう》しよう。

「ロイヤルウエディングか。本当《ほんとう》に王子《おうじ》さまとお姫《ひめ》さまってっているんだなあ。」

ふと思《おも》いついて、窓辺《まどべ》の白《しろ》いレースのカーテンのすそを取《と》って、頭《あたま》にかぶせてみる。

まるでウエディングベールみたいじゃない？

いつか、わたしもあんなウエディングドレスを着《き》る日《ひ》が来《く》るのかな。

いや、でも、似合《にあ》わないよな……。想像《そうぞう》できないや。

きっと蘭《らん》は天使《てんし》のようにキレイだろうけど。

窓《まど》ガラスに映《うつ》るわたしは疲《つか》れた顔《かお》で、いつにも増《ま》してかわいくない。

は～。ため息《いき》が出《で》る。

どよんと気分《きぶん》が暗《くら》くなる。

やめ、やめ。楽《たの》しいことを考《かんが》えよう！

「あ、そうだ。今日《きょう》、萌《もえ》から漫画《まんが》を借《か》りたんだった。」

スクールバッグから漫画《まんが》を取《と》り出《だ》した。

「ちょっとだけ読《よ》んでみよ。」

そのときだった。

「おい、凜《りん》。」

ガチャ！　パパがいきなり、わたしの部屋《へや》のドアを開《あ》けた。

「うわ！　びっくりした！　やだ！　入《はい》るときはノックしてよ！」

「まだ勉強《べんきょう》してるのか、えらいなと思《おも》ったら、なんだ漫画《まんが》なんか読《よ》んで！」

パパの一方的《いっぽうてき》な言葉《ことば》にムッとする。

「さっきまで勉強《べんきょう》してたんだってば！　そ、それに気分転換《きぶんてんかん》も必要《ひつよう》だよ！」

「凛《りん》は気分転換《きぶんてんかん》ばっかりだろ？　一学期《がっき》の成績《せいせき》がイマイチだったんだから、二学期《がっき》はもっとがんばらないと！」

パパの言葉《ことば》にカッとなっちゃう。

「もう、パパ、うざいよ！　わたしにかまわないで！」

「おおこわッ。退散退散《たいさんたいさん》！」

パパが、おどけたようにそう言《い》って部屋《へや》を出《で》ていく。

なによう！　ああ、もうなんか、むしゃくしゃする！

集中《しゅうちゅう》できない！　パパのせいだよ！

ぐううう。そのとき、おなかが鳴《な》った。

ああ、おなか減《へ》った……。

唐揚《からあ》げはたくさん食《た》べたんだけどね。

でも、食欲《しょくよく》の秋《あき》だもん。育《そだ》ち盛《ざか》りなんだもん。しょうがないじゃん！

パパが寝室《しんしつ》に入《はい》った気配《けはい》を確認《かくにん》してから、そっと部屋《へや》のドアを開《あ》けて、ひっそりと真《ま》っ暗《くら》な中《なか》、静《しず》かに階段《かいだん》を下《お》りていく。

キッチンに入《はい》って、冷蔵庫《れいぞうこ》を開《あ》ける。

「お。」

おやつのチョコレートケーキの残《のこ》りがある！　やったね。

いや、こんな深夜《しんや》にケーキなんか食《た》べたら、デブまっしぐら。

食《た》べるべきか、食《た》べざるべきか。それが問題《もんだい》だ。

って、これはシェークスピアの『ハムレット』のパロディだよ。

でも、でも、がまんできない。

勉強《べんきょう》をがんばった自分《じぶん》へごほうびだ〜〜。

どうせ、わたしはブスなんだし、もうどうでもいいや！

太《ふと》ったって関係《かんけい》ない！

誰《だれ》も見《み》てくれないんだから！

広瀬《ひろせ》もマネージャーさんと仲《なか》よくやってるんだから！

食《た》べちゃお。

「あむ！」

ああ、甘《あま》くておいし～い！　最高《さいこう》！

「お姉《ねえ》ちゃん。」

背中《せなか》から声《こえ》がした。

「う！」

げほげほげほ。ケーキが喉《のど》に詰《つ》まってむせた。

「ごめんね！　驚《おどろ》かせて。」

「やだ。まだ起《お》きてたの？」

「うん。」

パジャマの上《うえ》にカーディガンを羽織《はお》った蘭《らん》が立《た》っていた。

「本《ほん》を読《よ》んでたら、お姉《ねえ》ちゃんが階段《かいだん》を下《お》りる気配《けはい》がしたから。」

「ああ、そう。」

「ねえ、これあげる。手《て》を出《だ》して。」

差《さ》し出《だ》した、わたしの手《て》のひらに、蘭《らん》がなにか小《ちい》さいものをのせてくれた。

それは、小《ちい》さな青《あお》い鳥《とり》の形《かたち》のブローチだった。

「かわいい！」

「ほら、さっきの話《はなし》。青《あお》いものを身《み》につけると幸《しあわ》せになれるって言《い》ってたでしょ？」

「ああ、サムシングブルー！」

「これ、かわいいでしょ？」

「かわいい！　でも、もらってもいいの？」

「うん。お姉《ねえ》ちゃんに幸《しあわ》せの青《あお》い鳥《とり》が飛《と》んできますように。」

「やだ。蘭《らん》、優《やさ》しい。」

ふい打《う》ちの優《やさ》しさに、瞳《ひとみ》がうるうるしちゃう。

「お姉《ねえ》ちゃん、最近《さいきん》、ちょっと元気《げんき》がないみたいだから。おまじない。」

「蘭《らん》。ありがとう。」

やっぱり、蘭《らん》は、この家《いえ》の天使《てんし》だよ。

「中学生《ちゅうがくせい》になると、いろいろ大変《たいへん》なんでしょう？　部活《ぶかつ》も勉強《べんきょう》も。」

「うん。」

恋《こい》もね。って、心《こころ》の中《なか》でつけ加《くわ》えたけど、これはまだ蘭《らん》にも内緒《ないしょ》。

「でも、本当《ほんとう》に嬉《うれ》しい。生《い》きてるといいことばっかりあるわけじゃないけど、悪《わる》いことばっかりでもないんだな。」

「大《おお》げさ。でもまあ、わたしも、落《お》ちこむことはあるけど、たまに、すっごく嬉《うれ》しいこともあるものね。」

蘭《らん》が微笑《ほほえ》む。

「だよね。」

「だから、下《した》を向《む》かないで。」

「うん。」

「上《うえ》を向《む》いて歩《ある》こうって、歌《うた》もあるしね。」

「そして、元気《げんき》がないときは、おまじないをとなえよう。」

「そして、甘《あま》いケーキを食《た》べよう！」
ふたりの笑《わら》い声《ごえ》が、深夜《しんや》のキッチンに響《ひび》いた。
蘭《らん》がいてくれてよかった。
妹《いもうと》がいてよかった。
いつか夢《ゆめ》がかなう、その日《ひ》まで。
わたしのとなりにいてね。
蘭《らん》の存在《そんざい》が、わたしの幸《しあわ》せのおまじないだよ。

なにかひとつ
青《あお》いものを身《み》につけたり
持《も》ち歩《ある》いたりしていると
幸《しあわ》せになれるよ
青《あお》い鳥文庫《とりぶんこ》を持《も》ち歩《ある》いてもいいんだよ！

あとがき

いつも読《よ》んでくれてありがとう！

はじめましての方《かた》も、どうぞよろしくお願《ねが》いします。

青《あお》い鳥文庫《とりぶんこ》では、二年《ねん》ぶりの「泣《な》いちゃいそうだよ」シリーズです。

はじめての方《かた》にちょっと説明《せつめい》すると、青《あお》い鳥文庫《とりぶんこ》の「泣《な》いちゃいそうだよ」シリーズは、この本《ほん》で二十九冊目《さつめ》になります。

そのほかYA!《ワイエー》ENTERTAINMENT《エンターテインメント》の高校生編《こうこうせいへん》が十一冊《さつ》。

それ以外《いがい》に『ファンブック　みんなで泣《な》いちゃいそうだよ！』『夢《ゆめ》ブック』『恋《こい》ブック』という三冊《さつ》の楽《たの》しいスペシャル本《ぼん》もありますので、探《さが》してみてね。

もちろん、どの本《ほん》から読《よ》んでもわかるように書《か》いてあるので、はじめての方《かた》も安心《あんしん》して読《よ》んでください。

さて、今回《こんかい》は、『七つの願《ねが》いごと』に続《つづ》く、おまじないをテーマにした本《ほん》、第《だい》二弾《だん》です。

青《あお》い鳥文庫《とりぶんこ》公式《こうしき》サイトで「おまじない」を募集《ぼしゅう》したところ、た〜くさんのご応募《おうぼ》をいただきました。

今回《こんかい》の本《ほん》では、東京都《とうきょうと》の「みーたんさん」と「ミユさん」、栃木県《とちぎけん》の「清美《きよみ》さん」、神奈川県《かながわけん》の「小雪《こゆき》さん」、四名《めい》の方《かた》のおまじないを使《つか》わせてもらいました。ストーリーに合《あ》わせて、おまじないを少《すこ》しアレンジしたものもありますが、ご了承《りょうしょう》くださいね。

応募《おうぼ》してくださったみなさん、心《こころ》からありがとうございました！


そして、『作家《さっか》になりたい！③』の「あとがき」に入院《にゅういん》していたと書《か》いたら、みんなからたくさんのお見舞《みま》いのお便《たよ》りやメールをいただき、びっくり！

本《ほん》にはさんである読者《どくしゃ》ハガキの感想欄《かんそうらん》にも、「ケガは大丈夫《だいじょうぶ》ですか？」「おだいじに。」「心配《しんぱい》しています。」「気《き》をつけて〜！」と書《か》きそえてくれている人《ひと》が予想外《よそうがい》に多《おお》くて、みんなの優《やさ》しさに、うるうるしっぱなし。

ご、ご心配《しんぱい》おかけして、ほんとにすみません！

今《いま》では、すっかり元気《げんき》になりましたので、ご安心《あんしん》くださいね。

今回《こんかい》のケガでは、かなり痛《いた》い思《おも》いをしましたが、退院後《たいいんご》に松葉杖《まつばづえ》で街《まち》を歩《ある》いていると見《み》ず知《し》らずの方《かた》が、とても親切《しんせつ》にしてくれて感動《かんどう》しました。

わたしも、これからは同《おな》じようにします！


そして、次《つぎ》の本《ほん》ですが、お待《ま》たせしております。

『作家《さっか》になりたい！④　童話《どうわ》みたいにいかないね』（仮題《かだい》）を、今《いま》まさに書《か》いています！

青《あお》い鳥文庫新人賞《とりぶんこしんじんしょう》に応募《おうぼ》した、未央《みお》、雪人《ゆきと》、由里亜《ゆりあ》は受賞《じゅしょう》なるか？　もちろん、礼央《れお》と理央《りお》、そして、真《ま》しろ先生《せんせい》も大活躍《だいかつやく》しますし、好評《こうひょう》の「天才双子《てんさいふたご》の小説教室《しょうせつきょうしつ》」もありますよ！

そうそう。現実《げんじつ》の青《あお》い鳥文庫《とりぶんこ》小説賞《しょうせつしょう》の記念《きねん》すべき第《だい》一回大賞受賞作《かいたいしょうじゅしょうさく》！　緒川《おがわ》さよさんの『キミマイ　―きみの舞《まい》―』が、九月《がつ》に発売《はつばい》します。みなさんも、ぜひぜひ読《よ》んでみてくださいね。ひと足先《あしさき》に読《よ》ませてもらいましたが、超《ちょう》おもしろい！　強力《きょうりょく》にオススメしておきます。

そして、蘭《らん》の高校生編《こうこうせいへん》『未来《みらい》を花束《はなたば》にして』（仮題《かだい》）も書《か》きますので、もうすこし待《ま》っていてくださいね。

今年《ことし》の冬《ふゆ》は、ほかにもいろいろな本《ほん》が出《で》る予定《よてい》ですので、お楽《たの》しみに！

最後《さいご》になりましたが、担当《たんとう》の山室秀之《やまむろひでゆき》さん、俵《たわら》ゆりさん、イラストの牧村久実《まきむらくみ》先生《せんせい》に感謝《かんしゃ》します。原稿《げんこう》が遅《おく》れたぶんをフォローしていただき、ありがとうございました（涙《なみだ》）。

そして、読《よ》んでくれたみんなに、もう一度《いちど》、ありがとう。

夏休《なつやす》み、あなたも、おまじないで自分《じぶん》に魔法《まほう》をかけてみてね！

小林深雪《こばやしみゆき》

二〇一八年《ねん》七月《がつ》

＊著者紹介

小林深雪《こばやしみゆき》

3月10日生まれ。魚座のA型。埼玉県出身。武蔵野美術大学卒業。青い鳥文庫、YA! ENTERTAINMENT（いずれも講談社）で人気の「泣いちゃいそうだよ」シリーズのほか、「作家になりたい！」「これが恋かな？」シリーズ（いずれも講談社青い鳥文庫）など、多くの著作がある。エッセー集『児童文学キッチン』、童話『白鳥の湖』のほか漫画原作も多数手がけ、『キッチンのお姫さま』（「なかよし」掲載）で、第30回講談社漫画賞を受賞。

＊画家紹介

牧村久実《まきむらくみ》

6月13日生まれ。双子座のA型。東京都出身。多くの漫画、さし絵を手がける。講談社青い鳥文庫で人気の「泣いちゃいそうだよ」「作家になりたい！」「これが恋かな？」シリーズのほか、YA! ENTERTAINMENT（講談社）や、名作『伊豆の踊子・野菊の墓』（川端康成・伊藤左千夫／作　講談社青い鳥文庫）のさし絵も手がけている。

＊編集協力／俵ゆり

この作品は書き下ろしです。

講談社　青い鳥文庫

七《なな》つのおまじない
泣《な》いちゃいそうだよ

小林《こばやし》深雪《みゆき》

2018年８月15日　第１刷発行

（定価はカバーに表示してあります。）

発行者　渡瀬昌彦

発行所　株式会社講談社
東京都文京区音羽2-12-21　郵便番号112-8001
電話　編集（03）5395-3536
販売（03）5395-3625
業務（03）5395-3615

N.D.C.913　206p　18cm

装　丁　primary inc.,
久住和代

印　刷　図書印刷株式会社

製　本　図書印刷株式会社

本文データ制作　講談社デジタル製作

■この本についてのお問い合わせは、青い鳥文庫編集まで、ご連絡ください。

ISBN978-4-06-512260-0

「講談社《こうだんしゃ》 青《あお》い鳥《とり》文庫《ぶんこ》」刊行《かんこう》のことば

太陽《たいよう》と水《みず》と土《つち》のめぐみをうけて、葉《は》をしげらせ、花《はな》をさかせ、実《み》をむすんでいる森《もり》。小《こ》鳥《とり》や、けものや、こん虫《ちゅう》たちが、春《はる》・夏《なつ》・秋《あき》・冬《ふゆ》の生活《せいかつ》のリズムに合《あ》わせてくらしている森《もり》。森《もり》には、かぎりない自然《しぜん》の力《ちから》と、いのちのかがやきがあります。

本《ほん》の世界《せかい》も森《もり》と同《おな》じです。そこには、人間《にんげん》の理想《りそう》や知恵《ちえ》、夢《ゆめ》や楽《たの》しさがいっぱいつまっています。

本《ほん》の森《もり》をおとずれると、チルチルとミチルが「青《あお》い鳥《とり》」を追《お》い求《もと》めた旅《たび》で、さまざまな体験《たいけん》を得《え》たように、みなさんも思《おも》いがけないすばらしい世界《せかい》にめぐりあえて、心《こころ》をゆたかにするにちがいありません。

「講談社《こうだんしゃ》 青《あお》い鳥《とり》文庫《ぶんこ》」は、七十年《ねん》の歴史《れきし》を持《も》つ講談社《こうだんしゃ》が、一人《ひとり》でも多《おお》くの人《ひと》のために、すぐれた作品《さくひん》をよりすぐり、安《やす》い定価《ていか》でおおくりする本《ほん》の森《もり》です。その一さつ一さつが、みなさんにとって、青《あお》い鳥《とり》であることをいのって出版《しゅっぱん》していきます。この森《もり》が美《うつく》しいみどりの葉《は》をしげらせ、あざやかな花《はな》を開《ひら》き、明日《あす》をになうみなさんの心《こころ》のふるさととして、大《おお》きく育《そだ》つよう、応援《おうえん》を願《ねが》っています。

昭和《しょうわ》五十五年《ねん》十一月《がつ》

講談社